江苏高校哲学社会科学重点建设基地
吴文化传承与创新研究中心项目成果
（编号：2018ZDJD-B018）

吴淞江
历代诗咏

WUSONGJIANG
LIDAI SHIYONG

宋桂友　王为国／选注

图书在版编目(CIP)数据

吴淞江历代诗咏/宋桂友,王为国选注. — 苏州：苏州大学出版社,2022.10
ISBN 978-7-5672-4042-1

Ⅰ.①吴… Ⅱ.①宋… ②王… Ⅲ.①诗集-中国 Ⅳ.①I22

中国版本图书馆CIP数据核字(2022)第151981号

书　　　名	吴淞江历代诗咏
选　　　注	宋桂友　王为国
责 任 编 辑	杨　柳
装 帧 设 计	吴　钰
出 版 发 行	苏州大学出版社(Soochow University Press)
社　　　址	苏州市十梓街1号　邮编：215006
印　　　刷	苏州市越洋印刷有限公司
邮 购 热 线	0512-67480030
销 售 热 线	0512-67481020
开　　　本	890 mm×1 240 mm　1/32　印张：8.75　字数：110千
版　　　次	2022年10月第1版
印　　　次	2022年10月第1次印刷
书　　　号	ISBN 978-7-5672-4042-1
定　　　价	68.00元

图书若有印装错误,本社负责调换
苏州大学出版社营销部　电话：0512-67481020
苏州大学出版社网址　http://www.sudapress.com
苏州大学出版社邮箱　sdcbs@suda.edu.cn

前　言

　　《尚书·禹贡》云："三江既入，震泽底定。"历代学者虽对"这三江具体是指哪三江"说法不同，但对其中一条是松江，大家是一致认同、没有异议的。松江，吴淞江元代以前的称谓。元至元十五年（1278年），华亭县更名为松江府后，"松江"才正式被称为"淞江"，又因其流经吴地，所以在前面加了个"吴"字，即"吴淞江"。关于这一点，明朝的顾炎武在《天下郡国利病书》中也提到，"自元立松江府于水之南，而此江遂名吴淞，禹迹之存于今者，此一江而已"。也就是说，大禹治水时曾经治理过吴淞江，足见吴淞江是条多么古老的河流了！

　　这样的一条河流曾经是太湖下游泄水入海的唯一大通道，它的入水口有五六十里①宽，它的下游也有几十里宽。到唐代，吴淞江的三江口有九里宽，沪渎下游有二三十里

---

① 1里=500米。

宽。这样的一条宽阔大江在从太湖入水口往东流到七十里处时出现分岔，其中一支往东北入海称"娄江"，另一支往东南入海称"东江"，中间入海的那一支仍称为"松江"。这就是"太湖三江"。

这吴淞江曾经不仅是吴越争霸的战场，还是伍子胥沉尸的所在，亦是范蠡去越的路径，流动着君王将相的千古传奇，演绎着历史的沧桑变迁。

吴淞江流域通过六朝时期的不断开发、建设，已经形成初步的"塘浦圩田"格局；到了唐代，则基本上形成旱涝保收的成熟的塘浦圩田堰闸体系。吴淞江也成了天下胜景，加上张翰的"莼鲈之思"，引得历代文人墨客对吴淞江情有独钟，纷纷吟诗作赋，对其加以咏赞，寄托志趣情意，从而留下了许多优秀的诗篇。这些文字既增加了吴淞江的历史文化内涵，也增加了吴淞江的诗情画意，在全力深化江南文化品牌建设的今天，尤具独特意义，很有必要将其编辑成册，以飨更多读者。

目 录

● 西晋

思吴江歌 …………………………………………… 张　翰　003

● 唐代

夜渡吴松江怀古 …………………………………… 宋之问　007
渡吴江别王长史 …………………………………… 宋之问　008
泊震泽口 …………………………………………… 薛　据　009
行路难（其三） …………………………………… 李　白　011
戏题王宰画山水图歌 ……………………………… 杜　甫　014
渔父 ………………………………………………… 张志和　016
泊松江 ……………………………………………… 杜　牧　018
松江独宿 …………………………………………… 刘长卿　019
松江亭携乐观渔宴宿 ……………………………… 白居易　020
池上作 ……………………………………………… 白居易　022

001

感白莲花	白居易	024
吴中好风景（其一）	白居易	026
松江送处州奚使君	刘禹锡	027
泊松江渡	许浑	029
夜归驿楼	许浑	030
松江渡送人	许浑	031
相和歌辞·江南曲	张籍	032
江村行	张籍	033
冬柳	陆龟蒙	035
江边	陆龟蒙	036
松石晓景图	陆龟蒙	037
五歌·放牛	陆龟蒙	037
江行	陆龟蒙	038
别墅怀归	陆龟蒙	039
和袭美松江早春	陆龟蒙	040
南塘曲	陆龟蒙	041
润州送人往长洲	陆龟蒙	041
松江早春	皮日休	042
吴中书事寄汉南裴尚书	皮日休	043
奉和鲁望谢惠巨鱼之半	皮日休	044
吴中言情寄鲁望	皮日休	045

目录

吴中苦雨因书一百韵寄鲁望	皮日休	047
松江怀古	张 祜	059
松江	赵 嘏	060
松江晚泊	吴 融	061
晚泊松江驿	李 郢	062
东归别常修	罗 隐	063
题松江驿	方 干	065

● **宋代**

泛吴松江	王禹偁	069
赴长洲县作	王禹偁	070
松江亭·登临陡觉挹尘埃	王禹偁	071
松江亭·中郎亭树据江乡	王禹偁	072
再泛吴江	王禹偁	073
吴江	陈尧佐	074
游松江	蒋 堂	075
长桥观鱼	蒋 堂	076
中秋新桥对月	蒋 堂	077
吴江桥	蒋 堂	078
江上渔者	范仲淹	079
松江夜泊	鲍 当	080

送裴如晦宰吴江	梅尧臣	081
忆吴松江晚泊	梅尧臣	083
松江	王安石	084
垂虹亭	王安石	085
与秦太虚、参寥会于松江,而关彦长、徐安中适至,分韵得风字(二首)	苏 轼	087
戏书吴江三贤画像	苏 轼	089
和文与可洋川园池三十首之金橙径	苏 轼	091
青玉案·和贺方回韵送伯固归吴中	苏 轼	092
新桥	苏 辙	093
吴松道中二首(其二)	晁补之	094
长桥	杨 备	096
吴江	杨 备	097
松江	杨 蟠	098
过吴松江	毛 滂	099
舟次吴松江	沈与求	100
水调歌头·平生看明月	朱敦儒	101
除夜宿垂虹亭	蔡 肇	103
松江谒王文孺令宰	章 宪	104
晚泊松江	章 宪	105
石斛栽莲	朱 翌	106

目 录

松江（其一）	俞 桂	108
松江（其二）	俞 桂	109
送人之松江	俞 桂	109
丙午七夕后一日晚抵松江塔下	俞 桂	110
垂虹	俞 桂	111
松江	叶 茵	112
松江别诗	卢祖皋	113
卜算子·春事忆松江	李处全	114
泛舟松江	白玉蟾	115
松江感怀	韩元吉	116
三九十九日过松江五绝·在家每忆松江好	汪 莘	117
三九十九日过松江五绝·薰风吹梦听新蝉	汪 莘	118
三九十九日过松江五绝·万顷烟婆短棹飞	汪 莘	119
回至松江（其二）	汪 莘	120
鹧鸪天·送欧阳国瑞入吴中	辛弃疾	120
长相思	陆 游	122
枕上作	陆 游	123
松江晓晴	杨万里	124

鲈鱼	杨万里	125
松江莼菜	杨万里	126
过太湖石塘三首（其一）	杨万里	127
过太湖石塘三首（其二）	杨万里	128
过太湖石塘三首（其三）	杨万里	129
舟泊吴江三首（其一）	杨万里	131
舟泊吴江三首（其二）	杨万里	132
舟泊吴江三首（其三）	杨万里	132
松江鲈鱼	杨万里	133
已过吴江阻风上湖口二首（其一）	杨万里	134
已过吴江阻风上湖口二首（其二）	杨万里	135
题吴江三高堂——张季鹰	杨万里	135
题吴江三高堂——范蠡	杨万里	136
题吴江三高堂——陆鲁望	杨万里	137
垂虹亭观打鱼斫鲙四首（其一）	杨万里	138
垂虹亭观打鱼斫鲙四首（其二）	杨万里	139
垂虹亭观打鱼斫鲙四首（其三）	杨万里	140
垂虹亭观打鱼斫鲙四首（其四）	杨万里	140
秋日田园杂兴	范成大	141
松江道中	刘宰	145
送梁伯旸归括苍三首（其一）	刘宰	146

目 录

松江	陈必复	147
吴江道中	陈必复	148
贺新郎·题吴江	刘仙伦	149
赵嘉甫致松江蟹	高似孙	150
石湖仙·松江烟浦	姜 夔	151
点绛唇·丁未冬过吴松作	姜 夔	153
过垂虹	姜 夔	154
登垂虹亭二首（其一）	张元幹	154
朝中措·松江西畔水连空	张 抡	156
徐醉墨小像（其二）	赵 镇	157
松江舟中四首荷叶浦时有不测末句故及之（其一）	戴复古	157
吴江	汪元量	158

● 元代

奉吏官员迁调松江	陆文圭	163
吴淞江	赵孟頫	164
人月圆·松江遇雪	张可久	165
晓行吴淞江	释惟则	167
吴淞江观闸	释惟则	168
垂虹亭	倪 瓒	170

007

寄卢士行	倪 瓒	171
寄杨廉夫	倪 瓒	172
题元璞上人壁	倪 瓒	173
题曹云西画	倪 瓒	174
《疏林远岫图》写赠子素征	倪 瓒	175
绝句三首	倪 瓒	176
吴淞江上谩兴二首（其一）	贡师泰	177
吴淞江上谩兴二首（其二）	贡师泰	178
送日上人还吴淞	善 住	179
静安八咏录五·其五·沪渎垒	唐 奎	180
静安八咏录五·其六·芦子渡	唐 奎	181
送仲珍弟还乡兼奉内弟陈子传	黄 玠	182
望海·吴淞江口海门东	叶广居	184
曹知白吴淞山色图	潘 纯	184
钱宗文扇	凌云翰	185

● **明代**

吴淞江逢清明	释宗泐	189
送张德常之松江判官	余 诠	190
钓雪滩	高 启	191
过吴淞江风雨不可渡晚觅渔舟抵松陵官馆		

目录

···	高 启	192
舟泛吴淞江 ··	卢 熊	193
次韵贝原翚留别（其二）·························	程本立	194
雪篷图诗为吴淞蔡子坚作 ·····················	萧 规	195
高大使吴淞归兴图 ·······························	陈 安	197
闻笛 ··	袁 凯	198
马益之邀陈子山应奉秦景容县尹江上看花二公		
···	袁 凯	199
早春吴淞江小泛 ··································	姜 玄	200
过吴淞江 ··	顾 观	201
吴淞渔乐 ··	沈 贞	202
秋夜雨有感言怀二首（其二）·················	韩 雍	203
吴江晚眺 ··	吴 宽	204
题启南过吴江旧图 ·······························	吴 宽	205
游越 ··	陈 淳	206
松陵晚泊 ··	唐 寅	207
《绮疏遗恨》之刀 ································	唐 寅	208
游吴江桥 ··	王世贞	209
从北山泛吴淞往苏州夜泊千墩文瑞出陈司训子进所藏		
吴小仙邯郸图索题穷冬远游空江夜话亦人间一梦也		
为书绝句 ··	顾 清	211

009

江中阁浅次金缓斋韵（其一）	顾 清	212
江中阁浅次金缓斋韵（其二）	顾 清	212
与沈启南从徐亚卿何中丞相度水道·其一·渡吴淞江	史 鉴	213
庚子纪事	陆之裘	214
过吴淞江	卢 昭	221
笠泽渔父词四首（其二）	文 彭	222
笠泽渔父词四首（其三）	文 彭	223
秋日旅兴三首（其一）	孙承恩	224
伤徐望湖司徒	谢 榛	225

● **清代**

过吴江有感	吴伟业	229
王上舍稚登·月游	王夫之	230
洞仙歌·吴江晓发	朱彝尊	231
晚过吴江	爱新觉罗·玄烨	233
好事近·吴江月夜	厉 鹗	234
吴淞江道中杂诗（其一）	洪亮吉	235
吴淞江道中杂诗（其二）	洪亮吉	236
吴淞江道中杂诗（其四）	洪亮吉	237
吴淞江道中杂诗（其五）	洪亮吉	238

目录

吴淞江道中杂诗（其六）	洪亮吉	239
二陆草堂怀古（其一）	张吉安	240
山楼吹笛图送张叔虎归吴淞	钱 杜	242
华亭方正学祠	舒 位	244
松江夜泊	郭 麐	245
吴淞江归棹	沈谨学	247
吴淞老将歌	朱 琦	247
吴淞江舟行（其一）	莫友芝	249
吴淞江舟行（其二）	莫友芝	250
泊吴淞江	金武祥	250
挽杨仲愈联	叶大道	252
画枫忆吴江	吴昌硕	253

● 近现代

中元节自黄浦出吴淞泛海	陈去病	257
渡江云·吴淞江滨邓氏草堂题壁	陈方恪	258
吴淞江	许会昌	260

参考文献 ………………………………… 262

西　晋

【西 晋】

思吴江歌

张　翰[1]

秋风起兮木叶飞,
吴江[2]水兮鲈正肥[3]。
三千里兮家未归,
恨难禁兮仰天悲。

注释:

[1] 张翰:字季鹰,西晋著名文学家,苏州吴江莘塔人氏。生卒年不详。父亲是三国孙吴时期的大鸿胪张俨。他不受礼法约束,恃才放旷,曾官至大司马东曹掾。

[2] 吴江:吴淞江。元代以前称吴江、吴松江、松江的都是指现在的吴淞江。吴江县是吴越王钱镠在后梁开平三年(909年)设置的县。在张翰时的晋代,还没有吴江县。

[3]鲈正肥：据《世说新语·识鉴》云，张季鹰辟齐王东曹掾，在洛，见秋风起，因思吴中莼菜羹、鲈鱼脍，曰："人生贵得适意尔，何能羁宦数千里以要名爵？"遂命驾便归。俄而齐王败，时人皆谓为见机。后来被传为佳话，"莼鲈之思"也就成了思念故乡的代名词。

唐代

【唐 代】

夜渡吴松江怀古
宋之问[1]

宿帆震泽口[2],
晓渡松江溃[3]。
棹发鱼龙气,
舟冲鸿雁群。
寒潮顿觉满,
暗浦稍将分。
气赤海生日,
光清湖起云。
水乡尽天卫,
叹息为吴君。
谋士伏剑死,[4]
至今悲所闻。

注释:

[1] 宋之问(约656—约712年):字延清,名少连,汾州隰城(今山西汾阳市)人,一说虢州弘农(今河南灵宝市)人,初唐时期的诗人,与沈佺期并称"沈宋"。唐高宗上元二年(675年),进士及第,当时掌握实权的是武则天,富有才学的宋之问深得赏识,被召入文学馆,不久出授洛州参军,永隆元年(680年),与杨炯一起进入崇文馆任学士。与陈子昂、卢藏用、司马承祯、王适、毕构、李白、王维、孟浩然、贺知章并称为"仙宗十友"。

[2] 震泽口:古代吴淞江与太湖交汇处。

[3] 渍:水边。

[4] 谋士伏剑死:指吴王夫差赐死伍子胥一事。

渡吴江别王长史

宋之问

倚棹望兹川[1],

销魂独黯然。[2]

乡连江北树,

【唐 代】

云断日南天。

剑别龙初没,

书成雁不传。[3]

离舟意无限,

催渡复催年。

注释:

[1] 兹川:指吴淞江。

[2] 销魂独黯然:指自己被贬在外,有家难回。

[3] 书成雁不传:指家书难寄。

泊震泽口

薛 据[1]

日落草木阴,

舟徒泊江氾[2]。

苍茫万象开,

合沓闻风水。

泂沿值渔翁,

窈窕[3]逢樵子。

云开天宇静,

月明照万里。

早雁湖上飞,

晨钟海边起。

独坐嗟远游,

登岸望孤洲。

零落星欲尽,

瞳胧[4]气渐收。

行藏空自秉,

智识仍未周。

伍胥既伏剑,

范蠡亦乘流。[5]

歌竟鼓楫去,

三江[6]多客愁。

【唐代】

注释：

[1] 薛据：盛唐诗坛著名诗人，杜甫、王维诗中作"薛璩"，其兄薛播、薛揔，名皆从手旁，知当以薛据为正，"璩"或为后世板画之误。唐河东宝鼎（今山西万荣县）人。生卒年不详。薛氏为河东望族，《旧唐书·薛播传》云，薛播、薛据兄弟七人于开元、天宝间"并举进士，连中科名，衣冠荣之"。薛据排行第三，所以当时称他"薛三"。

[2] 江汜：《诗经·国风·召南·江有汜》云"江有汜"，指不通的河渎。

[3] 窈窕：山水幽深貌。

[4] 瞳眬：不明亮的样子。

[5] 范蠡亦乘流：指范蠡去越，"出三江之口，入五湖之中"。

[6] 三江：指古太湖三江，即吴淞江、东江和娄江。

行路难（其三）

李 白[1]

有耳莫洗颍川水，[2]
有口莫食首阳蕨。[3]

含光混世贵无名,

何用孤高比云月?

吾观自古贤达人,

功成不退皆殒身。

子胥既弃吴江上,

屈原终投湘水滨。

陆机雄才岂自保?

李斯税驾苦不早。

华亭鹤唳[4]讵可闻?

上蔡苍鹰[5]何足道!

君不见吴中张翰称达生,

秋风忽忆江东行。

且乐生前一杯酒,

何须身后千载名![6]

注释:

[1] 李白(701—762年):字太白,人称"青莲居士",被后人誉为"诗仙"。李白的诗歌、裴旻的剑舞和张旭的草书,合

称"唐代三绝"。根据《旧唐书》的记述,他自幼便是天才,性情爽朗大方,豪放不羁,尤其喜欢剑术,推崇侠义精神,自称"十五好剑术""剑术自通达",足见非同一般。同时,李白好酒,不仅与贺知章、张旭等人并称"酒中八仙",还挥笔写下以酒为题材的名篇《将进酒》。从青年时代起,李白便离开故乡踏上远游的道路,踪迹遍及南北,他的笔下山河壮丽,气势壮阔。他曾经三次到长安,当贺知章读到他的诗文,惊讶地称赞他为"谪仙人",甚至连玄宗皇帝都对他的才华仰慕、赞叹不已。这里选的是三首《行路难》中的第三首。这一组诗写于天宝三年(744年)李白离开长安之时。

[2] 有耳莫洗颍川水:引用许由洗耳逃避,不受尊位的典故。

[3] 有口莫食首阳蕨:引用伯夷、叔齐宁可在首阳山采蕨挨饿而不食周粟的典故。

[4] 华亭鹤唳:引用陆机临刑前的感叹的典故。据南朝宋刘义庆《世说新语·尤悔》:"陆平原河桥败,为卢志所谮,被诛,临刑叹曰:'欲闻华亭鹤唳,可复得乎?'"后以"华亭鹤唳"为典,指不知急流勇退,以致罹祸而悔恨莫及。

[5] 上蔡苍鹰:引用李斯临刑前的感叹。《史记》卷八十七《李斯列传》载,秦李斯专权,为赵高所陷,下狱。伏诛前,顾其子曰:欲牵黄犬、臂苍鹰,出上蔡东门,逐狡兔,岂可得乎?后以"上蔡苍鹰"为典,指不知急流勇退,以致罹祸而悔恨莫及。

[6] 这里引用张翰"莼鲈之思"的典故。

《吴淞江历代诗咏》

戏题王宰画山水图歌

杜 甫[1]

十日画一水,

五日画一石。

能事不受相促迫,

王宰始肯留真迹。

壮哉昆仑方壶图,

挂君高堂之素壁。

巴陵[2]洞庭日本东[3],

赤岸[4]水与银河通,

中有云气随飞龙。[5]

舟人渔子入浦溆,

山木尽亚洪涛风。

尤工远势古莫比,

咫尺应须论万里。

【唐 代】

焉得并州快剪刀,

剪取吴淞半江水。[6]

注释：

[1] 杜甫（712—770年）：字子美，自号少陵野老，世称"杜工部""杜少陵"等，唐朝河南府巩县（今河南郑州巩义市）人，唐代伟大的现实主义诗人。杜甫被世人尊为"诗圣"，其诗被称为"诗史"。杜甫与李白合称"李杜"，为了跟另外两位诗人李商隐与杜牧即"小李杜"区别开来，杜甫与李白又被称为"大李杜"。杜甫忧国忧民，人格高尚，保留下来的诗有一千四百余首，集为《杜工部集》。他诗艺精湛，在中国古典诗歌中备受推崇，影响深远。杜甫定居成都后，认识了当地画家王宰，并相约在上元元年（760年）作了这首题画诗。可惜的是王宰的画作没能流传下来。

[2] 巴陵：古郡名。在唐代天宝、至德年间由岳州改名而来。治所在今湖南岳阳市，地处洞庭湖以东。

[3] 日本东：指日本东面的大海。

[4] 赤岸：地名。一般认为在今江苏南京六合区东。汉代枚乘赋《七发》，有句曰，"弭节伍子之山，通厉骨母之场，凌赤岸，彗扶桑"，李善注为"以赤岸在广陵，而文势似在远方，非广陵也"，其非实指，泛指江海的岸。

[5]中有云气随飞龙:语意出《庄子·逍遥游》:"藐姑射之山,有神人居焉……乘云气,御飞龙,而游乎四海之外。"古书也有"云从龙"的说法。这里指画面上云气迷漫飘忽,云层团团飞动。

[6]焉得并州快剪刀,剪取吴淞半江水:形象地写出了吴淞江的宽度。相传晋索靖观赏顾恺之画,倾倒欲绝,不禁赞叹:"恨不带并州快剪刀来,剪松江半幅练纹归去。"杜甫在这里以索靖自比,以王宰画和顾恺之画相提并论,用以赞扬昆仑方壶图的巨大艺术感染力,写得含蓄简练,精绝无比。并州,地名,唐开元中为太原府,此地以产剪刀著称,世称"并州剪"。

渔 父

张志和[1]

松江蟹舍主人欢,
菰饭[2]莼羹亦共餐。
枫叶落,
荻[3]花干,
醉宿渔舟不觉寒。

【唐 代】

注释：

[1] 张志和（约732—约774年）：字子同，初名龟龄，号玄真子。祁门县灯塔乡张村庇人，祖籍浙江金华，先祖居湖州长兴房塘。张志和三岁就能读书，六岁做文章，十六岁明经及第，先后任翰林待诏、左金吾卫录事参军、南浦县尉等职。后有感于宦海风波和人生无常，在母亲和妻子相继故去的情况下，弃官弃家，浪迹江湖。唐肃宗曾赐给他奴、婢各一，称"渔童"和"樵青"，张志和遂偕婢隐居于太湖流域的东西苕溪与霅溪一带，扁舟垂纶，浮三江，泛五湖，渔樵为乐。唐大历九年（774年），张志和应湖州刺史颜真卿的邀请，前往湖州拜会颜真卿，同年冬十二月，和颜真卿等东游平望驿时，不慎在平望莺脰湖落水身亡。著作有《玄真子》十二卷、《大易》十五卷，有《渔夫词》五首、诗七首传世。

[2] 菰饭：菰米做的饭，就是用菰草结的果实所做的饭。

[3] 荻：为禾本科，芒属，俗称"荻草""荻子""霸土剑"，系多年生草本水陆两生植物。

泊 松 江

杜 牧[1]

清露白云明月天,

与君齐棹木兰船[2]。

风波湖雨一相失,

夜泊横塘[3]心渺然。

注释:

[1] 杜牧(803—约852年):唐文宗大和二年(828年),二十六岁中进士,授弘文馆校书郎。历任淮南节度使掌书记、监察御史、宣州团练判官、殿中侍御史、内供奉、左补阙、史馆编撰。司勋员外郎,以及黄州、池州、睦州刺史等职。因晚年居长安南樊川别墅,故后世称"杜樊川",著有《樊川文集》。杜牧的诗歌以七言绝句著称,内容以咏史抒怀为主,其诗英发俊爽,多切经世之物,在晚唐成就颇高。杜牧,人称"小杜",以别于杜甫。与李商隐并称"小李杜"。

[2] 木兰船:其典故出自南朝梁刘孝威的《采莲曲》,"金

【唐 代】

桨木兰船,戏采江南莲"。

[3] 横塘:吴淞江流域在唐代已经形成了由东西向的塘(横塘)和南北向的浦(纵浦)所围成的圩田体系。

松江独宿

刘长卿[1]

洞庭[2]初下叶,
孤客不胜愁。
明月天涯夜,
青山江上秋。
一官成白首,
万里寄沧州。[3]
久被浮名系,
能无愧海鸥?

注释：

[1] 刘长卿（约726—约786年）：字文房，宣城（今属安徽）人。后迁居洛阳，河间（今属河北）为其郡望。玄宗天宝年间进士。肃宗至德中任监察御史，后为苏州长洲县尉，因事下狱，贬南巴尉。代宗大历中任转运使判官，知淮西、鄂岳转运留后，又被诬再贬睦州司马。德宗建中年间，官终随州刺史，世称"刘随州"。

[2] 洞庭：太湖中的洞庭山。

[3] 一官成白首，万里寄沧州：表达了作者的羁旅思乡之愁。

松江亭[1]携乐观渔宴宿

白居易[2]

震泽平芜岸，

松江落叶波。

在官常梦想，

为客始经过。

水面排罾网，

【唐 代】

船头簇绮罗。

朝盘鲙红鲤,

夜烛舞青娥。

雁断知风急,

潮平见月多。

繁丝与促管,

不解和渔歌。

注释:

[1] 松江亭:在松陵驿。松陵驿是古代吴淞江与太湖交汇处西岸的一个驿站,这个驿站有座亭子,叫松江亭。

[2] 白居易(772—846年):字乐天,晚年号香山居士。祖籍太原(今属山西),后迁居下邽(今陕西渭南县)。早年家境贫困,对社会生活及人民疾苦,有较多的接触和了解。唐德宗贞元十六年(800年)中进士,授秘书省校书郎。唐宪宗元和年间任左拾遗及左赞善大夫。元和十年(815年),宰相武元衡被平卢节度使李师道派人刺死,白居易因上表急请严缉凶手,得罪权贵,贬为江州司马,后移忠州刺史。唐穆宗长庆初年(约821年)任杭州刺史,曾积极兴修水利、筑堤防洪、泄引湖水,灌溉田亩千顷,成绩卓著。唐敬宗宝历元年(825年)改任苏州刺史,后官

至刑部尚书。唐武宗会昌六年（846年）卒，终年七十五岁。著有《白氏长庆集》七十一卷。在文学上，他与元稹同为新乐府运动的倡导者和中坚，主张"文章合为时而著，歌诗合为事而作"，反对"嘲风雪，弄花草"而别无寄托的作品。其讽喻诗《秦中吟》《新乐府》，广泛尖锐地揭露了当时政治上的黑暗，抨击了现实中的流弊，表现了爱憎分明的进步倾向。除讽喻诗外，长篇叙事诗《长恨歌》《琵琶行》也独具特色，为千古绝唱。晚年寄情山水，也写过一些小词。白诗语言通俗，深入浅出，平易自然，不露雕琢痕迹。其诗刻画人物，形象鲜明，以情动人，具有很高的艺术造诣。

池上作[1]

白居易

西溪风生竹森森，
南潭萍开水沈沈。
丛翠万竿湘岸色，
空碧一泊松江心。
浦派萦回误远近，

【唐 代】

桥岛向背迷窥临。
澄澜方丈若万顷,
倒影咫尺如千寻。
泛然独游邈然坐,
坐念行心思古今。
菟裘不闻有泉沼,
西河亦恐无云林。
岂如白翁退老地,
树高竹密池塘深。
华亭双鹤白矫矫,
太湖四石青岑岑。
眼前尽日更无客,
膝上此时唯有琴。
洛阳冠盖自相索,
谁肯来此同抽簪。

注释:

[1] 一作《池上作(西溪、南潭,皆池中胜处也)》。

感白莲花[1]

白居易

白白芙蓉花,
本生吴江渍。
不与红者杂,
色类自区分。
谁移尔至此,
姑苏白使君。
初来苦憔悴,
久乃芳氛氲。
月月叶换叶,
年年根生根。
陈根与故叶,
销化成泥尘。
化者日已远,

【唐 代】

来者日复新。

一为池中物,

永别江南春[2]。

忽想西凉州,

中有天宝民。

埋殁汉父祖,

孳生胡子孙。

已忘乡土恋,

岂念君亲恩。

生人尚复尔,

草木何足云!

注释:

[1] 白居易自苏州归京时,曾带白莲花种,后种在履道里的宅园中,花开时非常喜欢,遂作《感白莲花》。

[2] 江南春:字面意为白莲花从江南吴江边来到北方,此喻欲望、利益争斗。

吴中好风景（其一）
白居易

吴中好风景，

八月如三月。

水荇叶仍香，

木莲花未歇。

海天微雨散，

江郭[1]纤埃灭。

暑退衣服干，

潮生[2]船舫活。

两衙渐多暇，

亭午初无热。

骑吏语使君[3]，

正是游时节。

【唐 代】

注释：

[1] 江郭：吴淞江边的乡村。

[2] 生：指吴淞江每天早晚有两次感应潮水。

[3] 使君：古代对州郡长官的称呼。

松江送处州奚使君

刘禹锡[1]

吴越古今路，

沧波朝夕流。

从来别离地，

能使管弦愁。

江草带烟暮，

海云含雨秋。

知君五陵[2]客，

不乐石门[3]游。

注释：

[1] 刘禹锡（772—842年）：字梦得，河南洛阳人，自称"家本荥上，籍占洛阳"，又自言系出中山，其先为中山靖王刘胜。唐朝文学家、哲学家，有"诗豪"之称。刘禹锡贞元九年（793年）进士及第，初在淮南节度使杜佑幕府中任记室，为杜佑所器重，后从杜佑入朝，为监察御史。贞元末，与柳宗元、陈谏、韩晔等结交于王叔文，形成了一个以王叔文为首的政治集团。后历任朗州司马、连州刺史、夔州刺史、和州刺史、主客郎中、礼部郎中、苏州刺史等职。会昌时，加检校礼部尚书。卒年七十一，赠户部尚书。刘禹锡诗文俱佳，所作诗文涉猎题材广泛，与柳宗元并称"刘柳"，与韦应物、白居易合称"三杰"，并与白居易合称"刘白"，有《陋室铭》《竹枝词》《杨柳枝词》《乌衣巷》等名篇。哲学著作《天论》三篇，论述天的物质性，分析"天命论"产生的根源，具有唯物主义思想。有《刘梦得文集》，存世有《刘宾客集》。

[2] 五陵：西汉王朝在这里设立的五个陵（长陵、安陵、阳陵、茂陵、平陵）邑。

[3] 石门：湖南常德，位于湘鄂边界，自然景观迷人。

【唐代】

泊松江渡

许　浑[1]

漠漠故宫地，

月凉风露幽。

鸡鸣荒戍晓，

雁过古城秋。

杨柳北归路，

蒹葭南渡舟。

去乡今已远，

更上望京楼。

注释：

[1] 许浑（约791—约858年）：字用晦（一作仲晦），润州丹阳（今江苏丹阳市）人。晚唐最具影响力的诗人之一，其一生不作古诗，专攻律体；题材以怀古、田园为佳，艺术则以偶对整密、诗律纯熟为特色。唯诗中多描写水、雨之景，后人

拟之与诗圣杜甫齐名,并以"许浑千首诗,杜甫一生愁"评价。成年后移家京口(今江苏镇江市)丁卯涧,以丁卯名其诗集,后人因称"许丁卯"。许诗误入杜牧集者甚多。代表作有《咸阳城东楼》。

夜归驿[1]楼

许 浑

水晚云秋山不穷,
自疑身在画屏中。
孤舟移棹一江月,
高阁卷帘千树风。
窗下覆棋残局在,
橘边沽酒半坛空。
早炊香稻[2]待鲈鲙[3],
南渚未明寻钓翁。

【唐代】

注释:

[1] 驿:这里指松江驿。

[2] 香稻:唐时吴地著名的稻米品种。

[3] 鲈鲙:即用吴淞江的鲈鱼做的生鱼片,出自张翰的"莼鲈之思"。

松江渡送人[1]

许 浑

故国今何在,

扁舟竟不归。

云移山漠漠,

江阔树依依。

晚色千帆落,

秋声一雁飞。

此时兼送客,

凭槛欲沾衣。

注释：

[1] 一作《松江怀古》。

相和歌辞·江南曲

张 籍[1]

江南人家多橘树，

吴姬舟上织白纻。

土地卑湿饶虫蛇，

连木为牌入江住。

江村亥日长为市，[2]

落帆渡桥来浦[3]里。

青莎覆城竹为屋，

无井家家饮潮水。

长干午日酤春酒，

高高酒旗悬江口。

娼楼两岸临水栅，

【唐 代】

夜唱竹枝留北客。

江南风土欢乐多,

悠悠处处尽经过。

注释:

[1] 张籍（约766—约830年）：字文昌，和州乌江（今安徽和县乌江镇）人，一说吴郡苏州人。世称"张水部""张司业"。张籍为韩门大弟子，其乐府诗与王建齐名，并称"张王乐府"。代表作有《秋思》《节妇吟》《野老歌》等。

[2] 江村亥日长为市：指吴淞江边的六日一集的乡村集市（草市）。

[3] 浦：与吴淞江相通的南北向的支流。

江 村 行

张　籍

南塘[1]水深芦笋齐，

下田[2]种稻不作畦。

耕场磷磷在水底，
短衣半染芦中泥。
田头刈莎结为屋，
归来系牛还独宿。
水淹手足尽有疮，
山虻绕身飞飕飕。
桑林椹黑蚕再眠，
妇姑采桑不饷田。
江南热旱天气毒，
雨中移秧颜色鲜。
一年耕种长苦辛，
田熟家家将赛神。

注释：

[1] 塘：与浦相连的东西向的河道与堤岸。
[2] 田：圩田。由塘和浦围成的水田。

【唐 代】

冬 柳

陆龟蒙[1]

柳汀[2]斜对野人[3]窗,

零落衰条傍晓江。

正是霜风飘断处,

寒鸥惊起一双双。

注释:

[1] 陆龟蒙(?—881年):字鲁望,别号天随子、江湖散人、甫里先生,江苏吴县(今江苏苏州市)人。唐代农学家、文学家。曾任湖、苏二州刺史幕僚,后隐居松江甫里,编著有《甫里先生文集》等。他的小品文主要收在《笠泽丛书》中,现实针对性强,议论也颇精切,如《野庙碑》《记稻鼠》等。陆龟蒙与皮日休交友,世称"皮陆"。

[2] 柳汀:吴淞江上长有柳树的沙洲。

[3] 野人:指吴淞江边的农家。

江 边

陆龟蒙

江边[1]日晚潮烟[2]上,

树里鸦鸦桔槔[3]响。

无因得似灌园翁,

十亩春蔬一藜杖。

注释:

[1] 江边:吴淞江边。陆龟蒙隐居在吴淞江边的甫里村。

[2] 潮烟:吴淞江上感应潮水形成的水雾。

[3] 桔槔:水车。

【唐 代】

松石晓景图

陆龟蒙

霜骨云根惨淡愁,
宿烟封著未全收。
将归与说文通后,
写得松江[1]岸上秋。

注释:
[1] 松江:吴淞江。

五歌·放牛

陆龟蒙

江草秋穷似秋半,
十角吴牛放江岸。

邻肩抵尾乍依偎,

横去斜奔忽分散。

荒陂[1]断堑无端入,

背上时时孤鸟立。

日暮相将带雨归,

田家烟火微茫湿。

注释:

[1] 陂:山坡。

江　行

陆龟蒙

酒旗菰叶外,

楼影浪花中。

醉帆张数幅,

唯待鲤鱼风[1]。

【唐 代】

注释：

[1] 鲤鱼风：即九月风，秋风。南朝梁简文帝《艳歌篇》："灯生阳燧火，尘散鲤鱼风。"唐代李商隐《河内诗二首》（其二）："后溪暗起鲤鱼风，船旗闪断芙蓉干。"冯浩笺注引《提要录》："鲤鱼风，乃九月风也。"龚鼎《九秋诗》："鲤鱼风紧芦花起，渔笛闲吹声不止。"有时也省略作"鲤风"。清代厉鹗《山坡羊·秋雨初霁》曲："鲤风试弄凭阑袖，自笑文园多病后。"

别墅怀归

陆龟蒙

东去沧溟[1]百里余，
沿江潮信[2]到吾庐。
就中家在蓬山下，
一日堪凭两寄书。[3]

注释：

[1] 沧溟：指东海。陆龟蒙隐居处到东海的距离一百多里。

[2] 潮信:吴淞江上每日潮水应时而至。

[3] 一日堪凭两寄书:指吴淞江每天有早晚两次感应潮水。

和袭美松江早春

陆龟蒙

柳下江餐待好风,

暂时还得狎渔翁。

一生无事烟波足,

唯有沙边水勃公[1]。

注释:

[1] 水勃公:一种水鸟。

【唐 代】

南塘曲

陆龟蒙

妾住东湖下,
郎居南浦边。
闲临[1]烟水[2]望,
认得采菱船。

注释:

[1] 临:靠近。
[2] 烟水:烟雾笼罩的水面。

润州送人往长洲

陆龟蒙

秋来频上向吴亭[1],

每上思归意剩生。

废苑[2]池台烟里色,

夜村蓑笠雨中声。

汀洲月下菱船疾,

杨柳风高酒斾轻。

君住松江多少日,

为尝鲈鲙与莼羹[3]。

注释:

[1] 吴亭:望亭驿站里的亭子。

[2] 废苑:指古代吴国著名的长洲苑,在苏州西南太湖边。

[3] 鲈鲙与莼羹:出自西晋张翰的"莼鲈之思"。

松江早春

皮日休[1]

松陵[2]清净雪消初,

【唐 代】

见底新安恐未如。

稳凭船舷无一事,

分明数得鲙残鱼[3]。

注释:

[1] 皮日休(约838—约883年):字袭美,一字逸少,复州竟陵(今湖北天门市)人。晚唐文学家。曾居住在鹿门山,自号鹿门子,又号间气布衣、醉吟先生、醉士等。皮日休是晚唐著名的诗人、文学家,与陆龟蒙齐名,世称"皮陆"。《新唐书·艺文志》录有《皮日休集》《皮子文薮》《皮氏鹿门家钞》多部。

[2] 松陵:吴淞江边的松陵镇,即现在的吴江松陵。

[3] 鲙残鱼:即银鱼。古时传说吴王阖闾江行,食鱼脍,弃残余于水,化为此鱼,故名。

吴中书事寄汉南裴尚书

皮日休

万家无事锁兰桡[1],

乡味腥多厌紫蓼[2]。
水似棋文[3]交度郭,
柳如行障俨遮桥。
青梅蒂重初迎雨,
白鸟群高欲避潮。
唯望旧知怜此意,
得为伧[4]鬼也逍遥。

注释:
[1] 桡:划船的桨。
[2] 紫蓼:一种香草。
[3] 水似棋文:指吴淞江流域的由横塘竖浦围成的圩田格局,就像棋盘图案。
[4] 伧:晋南北朝时,南人轻侮北人为"伧"。

奉和鲁望谢惠巨鱼之半

皮日休

钓公来信自松江,

【唐 代】

三尺春鱼拨剌霜。

腹内旧钩苔染涩,

腮中新饵藻和香。

冷鳞中断榆钱破,

寒骨平分玉箸[1]光。

何事贶[2]君偏得所,

只缘同是越舡郎。

注释:

[1] 箸:筷子。

[2] 贶:赠送之意。

吴中言情寄鲁望

皮日休

古来伧父[1]爱吴乡,

一上胥台[2]不可忘。

爱酒有情如手足,
除诗无计似膏肓[3]。
宴时不辍琅书味,
斋日难判玉鲙香。
为说松江堪老处,
满船烟月湿莎裳[4]。

注释:

[1] 伧父:即伧人。晋以来南人对北人的蔑称。

[2] 胥台:即姑苏台。清代顾祖禹《读史方舆纪要·江南六·苏州府》:"姑苏山,一名姑胥山,一名姑余山。姑苏台在其上,阖闾所作也。一名胥台。"清代顾炎武《海上》诗之二:"满地关河一望哀,彻天烽火照胥台。"

[3] 膏肓:古以心尖脂肪为膏,心脏与膈膜之间为肓,膏肓之间是药力达不到之处。

[4] 莎裳:用草织的衣服。此处指蓑衣。

【唐 代】

吴中苦雨因书一百韵寄鲁望

皮日休

全吴临巨浸[1],
百里到沪渎[2]。
海物竞骈罗,
水怪争渗漉。
狂蜃吐其气,
千寻勃然瘯。
一刷半天墨,
架为欹危屋。
怒鲸瞪相向,
吹浪山毂毂。
倏忽腥杳冥,
须臾坼崖谷。
帝命有严程,

吴淞江历代诗咏

慈物敢潜伏。
嘘之为玄云,
弥亘千万幅。
直拔倚天剑,
又建横海纛。
化之为暴雨,
漻漻射平陆。
如将月窟写,
似把天河扑。
著树胜戟支,
中人过箭镞。
龙光倏闪照,
虬角挡狰触。
此时一千里,
平下天台瀑。
雷公恣其志,
矸磹裂电目。

【唐 代】

蹋破霹雳车,
折却三四辐。
雨工避罪者,
必在蚊睫宿。
狂发铿訇音,
不得懈怠僇。
顷刻势稍止,
尚自倾蔌蔌。
不敢履洿处,
恐蹋烂地轴。
自尔凡十日,
茫然晦林麓。
只是遇滂沱,
少曾逢霢霂。
伊余之廯宇,
古制拙卜筑。
颓檐倒菌黄,

破砌顽莎绿。
只有方丈居,
其中踳且踧。
朽处或似醉,
漏时又如沃。
阶前平泛滥,
墙下起趢趗。
唯堪著笴笠,
复可乘艒宿。
鸡犬并淋漓,
儿童但咿噢。
勃勃生湿气,
人人牢于锔。
须眉渍将断,
肝膈蒸欲熟。
当庭死兰芷,
四垣盛蒉菉。

【唐　代】

解帙展断书,
拂床安坏楉。
跳梁老蛙黾,
直向床前浴。
蹲前但相眡,
似把白丁辱。
空厨方欲炊,
渍米未离簌。
薪蒸湿不著,
白昼须燃烛。
污莱既已泞,
买鱼不获鯏。
竟未成麦馈,
安能得粱肉。
更有陆先生,
荒林抱穷蹙。
坏宅四五舍,

病簝三两束。
盖檐低碍首,
藓地滑汰足。
注欲透承尘,
湿难庇厨簏。
低摧在圭窦,
索漠抛偏袤。
手指既已胼,
肌肤亦将瘯。
一苞势欲陊,
将撑乏寸木。
尽日欠束薪,
经时无寸粟。
蟪蝓将入甑,
蟛蜞已临镤。
娇儿未十岁,
枿然自啼哭。

【唐 代】

一钱买粗粝，
数里走病仆。
破碎旧鹤笼，
狼藉晚蚕蔟。
千卷素书外，
此外无余蓄。
著处纻衣裂，
戴次纱帽襆。
恶阴潜过午，
未及烹葵菽。
吴中铜臭户，
七万沸如膗。
嵩止甘蟹鳝，
侈唯僭车服。
皆希尉吏旨，
尽怕里胥录。
低眉事庸奴，

开颜纳金玉。
唯到陆先生,
不能分一斛。
先生之志气,
薄汉如鸿鹄。
遇善必擎跽,
见才辄驰逐。
廉不受一芥,
其余安可黩。
如何乡里辈,
见之乃猬缩。
粤予苦心者,
师仰但踧踖。
受易既可注,
请玄又堪卜。
百家皆搜荡,
六艺尽翻覆。

【唐 代】

似馁见太牢,
如迷遇华烛。
半年得酬唱,
一日屡往复。
三秀间稂莠,
九成杂巴濮。
奔命既不暇,
乞降但相续。
吟诗口吻呴,
把笔指节瘃。
君才既不穷,
吾道由是笃。
所益谅弘多,
厥交过亲族。
相逢似丹漆,
相望如胞朒。
论业敢并驱,

量分合继躅。
相违始两日,
忡忡想华缛。
出门泥漫漶,
恨无直辕辇。
十钱赁一轮,
逢上鸣斛觫。
赤脚枕书帙,
访予穿诘曲。
入门且抵掌,
大噱时碌碌。
兹淋既浃旬,
无乃害九谷。
予惟饿不死,
得非道之福。
手中捉诗卷,
语快还共读。

【唐 代】

解带似归来,
脱巾若沐浴。
疏如松间篁,
野甚麋对鹿。
行谭弄书签,
卧话枕棋局。
呼童具盘餐,
捩衣换鸡鹜。
或蒸一升麻,
或炸两把菊。
用以阅幽奇,
岂能资口腹。
十分煎皋卢,
半榼挽醽醁。
高谈繄无尽,
昼漏何太促。
我公大司谏,

一切从民欲。
梅润侵束杖,
和气生空狱。
而民当斯时,
不觉有烦溽。
念涝为之灾,
拜神再三告。
太阴霍然收,
天地一澄肃。
燔炙既芬芬,
威仪乃翼翼。
须权元化柄,
用拯中夏酷。
我愿荐先生,
左右辅司牧。
兹雨何足云,
唯思举颜歜。

【唐 代】

注释：

[1] 巨浸：指太湖。

[2] 沪渎：吴淞江下游。

松江怀古

张 祜[1]

碧树吴洲远，

青山震泽[2]深。

无人踪范蠡，[3]

烟水暮沉沉。

注释：

[1] 张祜（约792—约853年）：字承吉，清河（今河北邢台清河县）人。约公元792年出身于清河张氏望族，家世显赫，被人称作"张公子"。初寓姑苏（今江苏苏州市），后至长安，长庆中，令狐楚表荐之，不报。辟诸侯府，为元稹排挤，遂至淮南，爱丹阳曲阿地，隐居以终，约卒于唐宣宗大中七年（853年）。

[2]震泽:古指太湖。

[3]无人踪范蠡:传范蠡在越灭吴后携西施泛舟太湖,不知所终。《史记》等书则载其化名鸱夷子皮,遨游于七十二峰之间,后定居于宋国陶丘(今山东菏泽定陶区南),自号"陶朱公",八十八岁(公元前448年)时卒。

松 江

赵 嘏[1]

松江菰[2]叶正芳繁,

张翰逢秋忆故园。

千里帆遮馆娃寺[3],

一川风暖采香村。

潮声渐遇仙人宅,

鹤市曾迷子夜魂。

我有五湖[4]烟艇在,

不堪残日动征鞍。

【唐 代】

注释：

[1]赵嘏（约806—约853年）：字承佑，楚州山阳（今江苏淮安楚州区）人。年轻时四处游历，大和七年（833年）预省试进士不第，留寓长安多年，出入豪门以干功名，其间似曾远去岭表当了几年幕府。后回江东，安家于润州（今江苏镇江市）。会昌四年（844年）进士及第，一年后东归。会昌末或大中初复往长安，入仕为渭南尉。约宣宗大中七年（853年）卒于任上。存诗两百多首，其中，七律、七绝最多。

[2]菰：一种多年水生高秆的禾草类植物。

[3]馆娃寺：灵岩山寺。

[4]五湖：太湖别称。《史记正义》云："五湖者，菱湖、游湖、莫湖、贡湖、胥湖，皆太湖东岸，五湾为五湖。"

松江晚泊

吴　融[1]

树远天疑尽，
江奔地欲随。
孤帆落何处，

残日更新离。

客是凄凉本,

情为系滞枝。

寸肠无计免,

应只楚猿[2]知。

注释:

[1] 吴融（850—903年）：字子华,越州山阴（今浙江绍兴市）人。他生于晚唐后期,一个较前期更为混乱、矛盾、黑暗的时代,他死后三年,唐为朱温所灭,因此,吴融可以说是整个大唐帝国走向灭亡的见证者之一。

[2] 楚猿：楚山之猿。因其啼声悲哀,常用以渲染悲情。

晚泊松江驿

李　郢[1]

片帆孤客晚夷犹,

红蓼[2]花前水驿秋。

【唐 代】

岁月方惊离别尽,

烟波仍驻古今愁。

云阴故国山川暮,

潮落空江网罟收。

还有吴娃旧歌曲,

棹声遥散采菱舟。

注释:

[1] 李郢:字楚望,长安(今陕西西安市)人。生卒年不详。大中十年(856年),中进士第,官终侍御史。诗作多写景状物,风格以老练沉郁为主。代表作有《南池》《阳羡春歌》《茶山贡焙歌》《园居》《中元夜》《七夕》《江亭晚望》《孔雀》《画鼓》《晓井》等,其中,以《南池》流传最广。

[2] 蓼:一年或多年生草本植物。

东归别常修

罗 隐[1]

六载辛勤九陌[2]中,

却寻归路五湖东。

名惭桂苑一枝绿,

鲙忆松江两箸红。

浮世到头须适性,

男儿何必尽成功。

唯惭鲍叔深知我,

他日蒲帆百尺风。

注释:

[1] 罗隐(833—909年):字昭谏,新城(今浙江富阳新登镇)人。大中十三年(859年)底至京师,应进士试,历七年不第。咸通八年(867年)乃自编其文为《谗书》,盖为统治阶级所憎恶,所以罗衮赠诗说:"谗书虽盛一名休。"后来又断断续续考了几年,总共考了十多次,自称"十二三年就试期",最终还是铩羽而归,史称"十上不第"。黄巢起义后,避乱隐居九华山,光启三年(887年),五十五岁时归乡依吴越王钱镠,历任钱塘令、司勋郎中、给事中等职。

[2] 九陌:指街道多,引申为城市。《三辅旧事》云:"长安城中,八街九陌。"

【唐 代】

题松江驿

方 干[1]

便向中流出太阳,
兼疑大岸逼浮桑。
门前白道通丹阙,
浪里青山占几乡。
帆势落斜依浦漵,
钟声断续在沧茫。
古今悉不知天意,
偏把云霞媚一方。

注释:

[1] 方干(809—888年):字雄飞,号玄英,睦州青溪(今浙江淳安县)人。其擅长律诗,清润小巧,且多警句。其诗有的反映社会动乱,同情人民疾苦;有的抒发怀才不遇、求名未遂的感怀。文德元年(888年),方干客死会稽,归葬桐江。门人相与

论德,谥曰"玄英先生",并搜集他的遗诗三百七十余篇,编成《方干诗集》传世。《全唐诗》编有方干诗六卷三百四十八篇。宋景祐年间,范仲淹守睦州,绘方干像于严陵祠配享。

宋　代

【宋 代】

泛吴松江

王禹偁[1]

苇蓬疏薄漏斜阳,

半日孤吟未过江。

唯有鹭鸶知我意,

时时翘足对船窗。

注释:

[1] 王禹偁(954—1001年):字元之,济州巨野(今山东巨野县)人,晚年被贬于黄州,世称"王黄州"。北宋白体诗人、散文家。太平兴国八年(983年)进士,历任右拾遗、左司谏、知制诰、翰林学士。他敢于直言讽谏,因此,屡受贬谪。真宗即位,召还,复知制诰。后贬知黄州,又迁蕲州病死。王禹偁为北宋诗文革新运动的先驱,文学韩愈、柳宗元,诗崇杜甫、白居易,多反映社会现实,风格清新平易。词仅存一首,反映了其积极用世的政治抱负,格调清新旷远。著有《小畜集》。

赴长洲县作

王禹偁

移任长洲县[1],
扁舟兴有余。
篷高时见月,
棹稳不妨书。
雨碧芦枝亚,
霜红蓼穗疏。
此行纡墨绶,
不是为鲈鱼。

注释:

[1] 长洲县:唐万岁通天元年(696年),自吴县分置。

【宋 代】

松江亭[1]·登临陡觉挹尘埃

王禹偁

登临陡觉挹尘埃,

时有清风飒满怀。

蝃蝀[2]一条连古岸,

玻璃万顷[3]自天来。

寒光浩渺轻烟阔,

绿玉参差远岫排。

南指闽山犹万里,

远人归兴正无涯。

注释:

[1] 松江亭:唐宋时建在松江驿的亭子。

[2] 蝃蝀:虹的别名,借指桥。

[3] 玻璃万顷:指太湖水面。

松江亭·中郎亭树据江乡

王禹偁

中郎亭树据江乡,

雅称诗翁赋醉章。

莼菜鲈鱼好时节,

晚风斜日旧烟光。

一杯有味功名小,[1]

万事无心岁月长。

安得便抛尘网去,

钓舟闲倚画栏旁。

注释:

[1] 一杯有味功名小:典故出自李白的"且乐生前一杯酒,何须身后千载名"。

【宋 代】

再泛吴江[1]

王禹偁

二年为吏住江滨,
重到江头照病身。
满眼碧波输野鸟,
一蓑疏雨属渔人。
随船晓月孤轮白,
入座晴山数点春。
张翰精灵还笑我,
绿袍[2]依旧惹埃尘。

注释:

[1] 吴江:指吴淞江。

[2] 绿袍:指古代低级官员所着的绿色官服。暗指作者的官吏身份。

吴 江

陈尧佐[1]

平波渺渺烟苍苍,

菰蒲才熟杨柳黄。

扁舟系岸不忍去,

秋风斜日鲈鱼乡。

注释:

[1] 陈尧佐(963—1044年):字希元,号知余子,阆州阆中(今四川南充阆中市)人。北宋宰相、水利专家、书法家、诗人,左谏议大夫陈省华次子、枢密使陈尧叟之弟、天雄节度使陈尧咨之兄。端拱元年(988年),陈尧佐进士及第,授魏县、中牟县尉。咸平初年(约998年),任潮州通判。历官翰林学士、枢密副使、参知政事。景祐四年(1037年),拜同中书门下平章事。康定元年(1040年),以太子太师致仕。

【宋代】

游松江

蒋 堂[1]

江人见我谓谁何,

行李无羁野意多。

六幅青帆趁潮去,

一樽白酒扣舷歌。

沙边历历辨云树,

岛外溅溅弄月波。

兴尽归来还更喜,

舞鸥相送入烟萝。

注释:

[1] 蒋堂(980—1054年):字希鲁,号遂翁。真宗大中祥符五年(1012年)进士。历任知县、通判、知州。召为监察御史,迁侍御史。累知应天府、杭州、益州等地。以礼部侍郎致仕。为人清修纯饬,好学,工文辞,有《吴门集》。今存《春卿遗稿》。

【吴淞江历代诗咏】

长桥[1]观鱼

蒋 堂

曙光东向欲胧明,

渔艇纵横映远汀。

涛面白烟昏落月,

岭头残烧混疏星。

鸣桹[2]莫触蛟龙睡,

举网时闻鱼鳖腥。

我实宦游无况者,

拟来随尔带筡筶[3]。

注释:

[1] 长桥:指松陵吴淞江上的垂虹桥。

[2] 鸣桹:敲击船舷使作声。用以惊鱼,使入网中,或为歌声之节。

[3] 筡筶:打鱼用的竹编盛鱼器。

【宋　代】

中秋新桥对月

蒋　堂

月晃长江[1]上下同，

画桥横截冷光中。

云头艳艳开金饼[2]，

水面沉沉卧彩虹[3]。

佛氏解为银色界，

仙家多住玉壶中。

地雄景胜言不尽，

但欲追随乘晓风。

注释：

[1] 长江：此处指吴淞江。

[2] 金饼：此处指圆月。

[3] 彩虹：此处指吴淞江上的垂虹桥。

吴江桥[1]

蒋 堂

雁翅桥横五湖北,

翚飞[2]亭屹大江心。

鱼龙渊薮风月窟,

若比广寒宫[3]更深。

注释:

[1] 吴江桥:吴淞江上的桥,此处指垂虹桥。

[2] 翚飞:如同鸟儿张开双翼、野鸡展翅飞翔一般,形容宫室华丽。翚:羽毛五彩的野鸡。

[3] 广寒宫:此处指月亮。

【宋 代】

江上渔者[1]

范仲淹[2]

江上往来人,
但[3]爱[4]鲈鱼[5]美。
君[6]看一叶舟[7],
出没[8]风波[9]里。

注释:

[1] 渔者:捕鱼的人。

[2] 范仲淹(989—1052年):字希文,苏州人。北宋著名的政治家、思想家、军事家、文学家,世称"范文正公"。范仲淹文学素养很高,写有著名的《岳阳楼记》。《江上渔者》约作于北宋景祐元年(1034年)。时范仲淹四十六岁,任苏州知府,在苏、常一带察水情、治水患,见江中扁舟,感而赋诗。

[3] 但:只。

[4] 爱:喜欢。

[5] 鲈鱼:一种鱼。头大口大、体扁鳞细、背青腹白、肉质

肥美，尤以吴淞江所产鲈鱼最为名贵。

[6] 君：你。

[7] 一叶舟：比喻小船像一片树叶。

[8] 出没：若隐若现状。

[9] 风波：波浪。

松江夜泊

鲍　当[1]

舟闲人已息，

林际月微明。

一片清江水，

中涵万古情。

注释：

[1] 鲍当（？—1039年）：字平子，杭州（今属浙江）人。宋真宗景德二年（1005年）进士，授河南府法曹参军。历官职方郎中，知明州、衢州、湖州。在湖州任上去世。他是宋初有名的

【宋　代】

诗人，因《孤雁》诗而被称为"鲍孤雁"，因《清风集》而号为"鲍清风"。鲍诗风格闲淡，近唐代韦应物。

送裴如晦宰吴江

梅尧臣[1]

吴江[2]田有粳，

粳香春作雪。

吴江[3]下有鲈，

鲈肥鲙堪切。[4]

炊粳调橙齑，

饱食不为饕[5]。

月从洞庭[6]来，

光映寒湖凸。

长桥[7]坐虹背，

衣湿霜未结。

四顾无纤云，

【吴淞江历代诗咏】

鱼跳明镜裂。
谁能与子同,
去若秋鹰掣。

注释:

[1] 梅尧臣(1002—1060年):字圣俞,世称"宛陵先生",北宋著名的现实主义诗人。宣州宣城(今属安徽)人。初试不第,以荫补河南主簿。五十岁后,于皇祐三年(1051年)始得宋仁宗召试,赐同进士出身,为太常博士。以欧阳修荐,为国子监直讲,累迁尚书都官员外郎,故世称"梅直讲""梅都官"。曾参与编撰《新唐书》,并为《孙子兵法》作注,所注为孙子十家著(或十一家著)之一。有《宛陵先生集》六十卷、《四部丛刊》影明刊本等。词存二首。

[2] 吴江:即吴江县,五代吴越王钱镠在后梁开平三年(909年)割吴县南地和嘉兴北境,设置吴江县。

[3] 吴江:吴淞江。

[4] 鲈肥鲙堪切:吴淞江里著名的鲈鱼以产于长桥(垂虹桥)下的最佳,适合用来做脍。

[5] 饕:饕餮,龙生九子之一,贪吃。此处喻为贪吃的人。

[6] 洞庭:太湖中的洞庭山。

[7] 长桥:垂虹桥。

【宋　代】

忆吴松江晚泊

梅尧臣

念昔西归时,

晚泊吴江[1]口。

回堤溯清风,

淡月生古柳。

夕鸟独远来,

渔舟犹在后。

当时谁与同,

涕忆泉下妇。

注释:

[1] 此处的吴江与诗题中的吴松江均指吴淞江。

松 江

王安石[1]

来时还似去时天,
欲道来时已惘然。
只有松江桥下水,
无情长送去来船。

注释:

[1] 王安石(1021—1086年):字介甫,号半山,谥文,封荆国公,世人又称"王荆公"。抚州临川(今江西抚州临川区)人。北宋著名的政治家、思想家、文学家、改革家,"唐宋八大家"之一。欧阳修称赞王安石:"翰林风月三千首,吏部文章二百年。老去自怜心尚在,后来谁与子争先。"传世文集有《临川集》《临川集拾遗》等。其诗文各体兼擅,词虽不多,但亦擅长,且有名作《桂枝香》等。而王荆公最得世人哄传之诗句莫过于《泊船瓜洲》中的"春风又绿江南岸,明月何时照我还"。

【宋　代】

垂虹亭

王安石

三江[1]五湖[2]口,
地与天不隔。
日月所蔽亏,
东西渺然白。
漫漫浸北斗,
浩浩浮南极。
谁投此虹蜺[3],
欲济两间厄。
中流杂蜃气,
栏楯[4]相承翼。
初疑神所为,
灭没在顷刻。
晨兴坐其上,

傲兀至中昃[5]。

犹怜变化功，

不谓因人役。

今君持酒浆，

谈笑顾宾客。

颇夸九州物，

壮丽此无敌。

荧煌[6]丹砂柱，

璀璨黄金壁。

中家不虑始，

助我皆豪殖。

喟予独感此，

剥烂有终极。

改作不可无，

还当采民力。

注释：

[1] 三江：指太湖三江吴淞江、娄江、东江。

[2] 五湖：指太湖。

[3] 虹蜺：彩虹。此处指垂虹桥。

[4] 栏楯：栏杆。栏是指纵的栏杆，楯是指横的栏杆。

[5] 昃：太阳偏西。

[6] 荧煌：闪耀辉煌。

与秦太虚、参寥会于松江，而关彦长、徐安中适至，分韵得风字（二首）

苏　轼[1]

一

吴越溪山兴未穷，

又扶衰病过垂虹[2]。

浮天自古东南水，

送客今朝西北风。

绝境自忘千里远，

胜游难复五人同。

舟师不会留连意,

拟看斜阳万顷红。

二

二子缘诗老更穷,

人间无处吐长虹。

平生睡足连江雨,

尽日舟横擘岸风。

人笑年来三黜[3]惯,

天教我辈一樽同。

知君欲写长相忆,

更送银盘尾鬣[4]红。

注释:

[1] 苏轼(1037—1101年):字子瞻,号东坡居士。四川人,葬于颍昌(今河南平顶山市郏县)。北宋文学家、书画家、美食家。一生仕途坎坷,学识渊博,天资极高,诗文书画皆精。其文汪洋恣肆,明白畅达,与欧阳修并称"欧苏",为"唐宋八大家"之一;诗清新豪健,善用夸张、比喻,艺术表现独具风

【宋 代】

格,与黄庭坚并称"苏黄";词开豪放一派,对后世有巨大影响,与辛弃疾并称"苏辛";书法擅长行书、楷书,能自创新意,用笔丰腴跌宕,有天真烂漫之趣,与黄庭坚、米芾、蔡襄并称"宋四家";画学文同,论画主张神似,提倡"士人画"。著有《苏东坡全集》《东坡乐府》等。

[2] 垂虹:垂虹桥。

[3] 三黜:多次被罢官,形容仕宦不顺利。三,多。《论语·微子》云:"柳下惠为士师,三黜。"

[4] 尾鬣:马尾与马鬃。

戏书吴江三贤[1]画像

苏 轼

其一 范蠡

谁将射御教吴儿,

长笑申公为夏姬。[2]

却遣姑苏有麋鹿,

更怜夫子得西施。

其二　张　翰

浮世功劳食与眠，

季鹰[3]真得水中仙。

不须更说知机早，

直为鲈鱼也自贤。

其三　陆龟蒙

千首文章二顷田，

囊中未有一钱看。

却因养得能言鸭，

惊破王孙金弹丸。[4]

注释：

[1] 三贤：指范蠡、张翰、陆龟蒙三位贤哲。

[2] 申公巫臣，芈姓，屈氏，名巫，字子灵，屈地（今湖北秭归县）人。原为楚国大夫，因携夏姬逃晋，激怒楚庄王和公子侧（字子反），被子反诛灭族人，没收家产。因此，晋楚连年战争。公元前585年，为联合吴国夹击楚国，申公巫臣带30辆战车来吴，教吴军射御之术。

【宋 代】

[3] 季鹰：张翰的字。

[4] 北宋钱易《南部新书》载："陆龟蒙居震泽之南巨积庄，产有斗鸭一栏，颇极驯养。一旦有驿使过，挟弹毙其尤者。于是龟蒙谐而骇之，曰：'此鸭能人语。'复归家，少顷，手一表本云：'见待附苏州上进，使者毙之，何也？'使人恐，尽以囊中金，以糊其口。龟蒙始焚其章，接以酒食。使者俟其稍悦，方请其人语之由。曰：'能自呼其名。'使者愤且笑，拂袖上马。复召之，尽还其金。曰：'吾戏之耳。'"

和文与可[1]洋川园池三十首之金橙径

苏　轼

金橙纵复里人知，
不见鲈鱼价自低。
须是松江烟雨里，
小船烧薤[2]捣香虀[3]。

注释：

[1] 文与可：即文同，苏轼的朋友，画家，擅长画竹。苏轼称其画竹是"胸有成竹"。

[2] 薤：多年生草本植物。叶中空，稍扁平，断面呈三角形。鳞茎纺锤形，供食用。有的地区也叫"藠头"。

[3] 齑：捣碎的姜、蒜或韭菜的细末。

青玉案[1]·和贺方回韵送伯固归吴中

苏　轼

三年枕上吴中路，

遣黄犬，随君去。

若到松江呼小渡，

莫惊鸳鹭。

四桥尽是，

老子经行处。

《辋川图》[2]上看春暮，

常记高人右丞[3]句。

【宋 代】

作个归期天定许,

春衫犹是,

小蛮针线,

曾湿西湖雨。

注释:

[1] 青玉案:词牌名。

[2]《辋川图》:唐代诗人王维绘于蓝田清凉寺的壁画。

[3] 右丞:指王维。王维曾做过尚书右丞。

新 桥[1]

苏 辙[2]

六月长桥断不收,

朱栏初喜映春流。

虹腰[3]宛转三百尺,

鲸背[4]参差十五舟。

入市樵苏看络绎，

归家盐酪免迟留。

病夫最与民同喜，

卯酉匆匆无复忧。

注释：

[1] 又名《长桥》。

[2] 苏辙（1039—1112年）：字子由，眉州眉山（今属四川）人。宋仁宗嘉祐二年（1057年），与其兄苏轼同登进士科。晚年自号颍滨遗老，人称"小苏"。苏辙与其父苏洵、兄苏轼合称"三苏"，均在"唐宋八大家"之列。著有《栾城集》。

[3] 虹腰：喻垂虹桥之状。

[4] 鲸背：喻垂虹桥下水之波浪。

吴松道中二首（其二）

晁补之[1]

晓路雨萧萧，

【宋 代】

江乡叶正飘。

天寒雁声急,

岁晚客程遥。

鸟避征帆却,

鱼惊荡桨跳。

孤舟宿何许?

霜月系枫桥[2]。

注释:

[1] 晁补之(1053—1110年):字无咎,号归来子,济州巨野(今山东巨野县)人。北宋时期著名的文学家,"苏门四学士"(另有北宋黄庭坚、秦观、张耒)之一。晁补之曾任吏部员外郎、礼部郎中。工书画,能诗词,善属文。与张耒并称"晁张"。其散文语言凝练、流畅,风格近柳宗元。诗学陶渊明。其词格调豪爽,语言清秀晓畅,近苏轼。但其诗词流露出浓厚的消极归隐思想。著有《鸡肋集》《晁氏琴趣外篇》等。

[2] 枫桥:在苏州城西寒山寺西侧大运河上。此距吴淞江不远,实指。亦借《枫桥夜泊》意表达羁旅之思。

长 桥[1]

杨 备[2]

渔市花村夹酒楼,

山光沉碧水光浮。

松陵雨过船中望,

一道青虹两岸头。

注释:

[1] 长桥:吴淞江上的垂虹桥。

[2] 杨备:字修之,生卒年不详。建平(今安徽郎溪县)人。《两宋名贤小集》卷二四一谓:系亿之弟,但亿为福建浦城人,籍贯不一,待考。仁宗天圣中知长溪县。明道初知华亭县,因爱姑苏风物,遂置家于吴中。庆历中以尚书虞部员外郎分司南京。杨备尝效白居易体作《我爱姑苏好》十章,又作《姑苏百题》《金陵览古百题》,各注其事于题下,成集行世,已佚。《两宋名贤小集》卷二四一有杨备《萝轩外集》一卷,存诗十七首;卷三六一又有杨修题咏金陵的《六朝事迹杂咏》三十八首,其中

【宋 代】

七首与《萝轩外集》所收相同。查宋张敦颐《六朝事迹编类》光绪十三年（1887年）宝章阁仿宋绍兴府学十四卷刊本可知，《六朝事迹杂咏》系从《六朝事迹编类》中辑出，杨修实为杨修之之误。

吴　江

杨　备

松陵[1]水国面松江，
学弄渔竿对酒缸。
惊起鸳鸯是旗鼓，
背帆飞去一双双。

注释：

[1] 松陵：地名，在太湖东岸吴淞江侧。

松 江

杨 蟠[1]

帆落帆开两渡头,

洞庭[2]木叶扰离愁。

青山带日低平野,

白浪随风过别洲。

月静沙寒知雁宿,

云深水暖羡鱼游。

画桥[3]隐隐横天汉,

人度空中影倒流。

注释:

[1] 杨蟠(约1017—1106年):字公济,别号浩然居士,章安(今属浙江临海市)人,一作钱塘(今浙江杭州市)人。庆历六年(1046年)进士,为密、和二州推官。元祐四年(1089年),苏轼知杭州时,杨蟠为通判,后以知寿州卒,为官清廉,

【宋 代】

深得民心。平生为诗数千篇,有《章安集》,已佚。

[2] 洞庭:指太湖中的洞庭山。

[3] 画桥:指吴淞江上的垂虹桥。

过吴松江

毛　滂[1]

参军身外只图书,

独与吴江分不疏。

归去他年当辟谷,

懒随波浪觅鲈鱼。

注释:

[1] 毛滂(1056—约1124年):字泽民,衢州江山石门(今浙江衢州江山市)人。生于"天下文宗儒师"世家。父维瞻、伯维藩、叔维甫皆为进士。他自幼酷爱诗文辞赋,北宋元丰二年(1079年),与赵英结为伉俪。宋元丰三年(1080年),毛滂随父赴筠州,结识苏辙。元丰七年(1084年)出任郢州县尉。元祐时

任杭州法曹,因文辞出众,受知府苏轼赏识并称赞:"文词雅健,有超世之韵。"元符元年(1098年)任武康知县,崇宁元年(1102年)由曾布推荐进京为删定官。后曾布罢相,他连坐受审下狱,流落东京。大观初年(约1107年),填词呈宰相蔡京被起用,任登闻鼓院。政和年间,任词部员外郎、秀州知州。毛滂诗词被时人评为"豪放恣肆","自成一家"。元祐四年(1089年),所作《惜分飞·富阳僧舍代作别语》小词结尾"今夜山深处,断魂分付潮回去",南宋周辉认为含蓄情醇"语尽而意不尽,意尽而情不尽"。有《东堂集》十卷和《东堂词》一卷传世。

舟次吴松江

沈与求[1]

棹发鲈乡晚,

频经桂子秋。

懒投青玉案,

政敝黑貂裘。

水落喧渔市,

【宋 代】

云微辨橘洲。

五湖烟浪静,

谁复泛扁舟。

注释:

[1] 沈与求(1086—1137年):字必先,号龟溪,湖州德清(今属浙江)人。政和五年(1115年)进士。历官明州通判、监察御史、殿中侍御史、镇江知府兼两浙西路安抚使、吏部尚书、参知政事、明州知府、知枢密院事等。著有《龟溪集》。

水调歌头·平生看明月

朱敦儒[1]

平生看明月,

西北有高楼。

如今羁旅,

常叹茅屋暗悲秋。

闻说吴松江上，

有个垂虹亭好，

结友漾轻舟。

记得蓬莱路，

端是旧曾游。

趁黄鹄，

湖影乱，

海光浮。

绝尘胜处，

合是不数白萍洲。

何物陶朱张翰，

劝汝橙薤鲈脍，

交错献还酬。

寄语梅仙道，

来岁肯同不。

注释：

[1] 朱敦儒（1081—1159年）：字希真，号岩壑，又称"伊

【宋 代】

水老人""洛川先生"。洛阳（今属河南）人。历兵部郎中、临安府通判、秘书郎、都官员外郎、两浙东路提点刑狱，致仕，居嘉禾。著有《岩壑老人诗文》，已佚；今有词集《樵歌》。

除夜宿垂虹亭

蔡 肇[1]

东南胜概[2]未忘情，
老去扁舟复此行。
小邑[2]岁除无市井，
下田水落见农耕。
雪消西岭层棱出，
春到重湖鳞甲生。
桥下霜蛟贪睡美，
为槌千鼓作雷声。

注释：

[1] 蔡肇（？—1119年）：字天启，润州丹阳（今属江苏镇江市）人。北宋画家，能画山水人物木石，善诗文，著有《丹阳集》，曾任吏部员外郎、中书舍人等职。

[2] 东南胜概：指吴淞江与太湖交汇处的垂虹桥景观。

[3] 小邑：指松陵镇。

松江谒王文孺[1]令宰

章　宪[2]

暑退凉生过雨天，

凫[3]飞鹭浴暮江前。

秋风小浪鸭头水，

斜日轻帆燕尾船。

青眼却欣逢地主，

白头相对耸诗肩。

林塘胜处开樽俎，

只欠冰轮[4]特地圆。

【宋 代】

注释：

[1] 王文孺：即王份，在吴淞江边建有朣园、钓雪滩，景色优美。文人墨客常常慕名光顾。

[2] 章宪：字叔度，世称"复轩先生"，建州浦城（今福建浦城县）人，徙居苏州。生卒年不详。乐道好德，乡里谓之"隐君子"。徽宗宣和中监汉阳酒税。师事王苹，又从朱震、吕本中游。通经学，尤精《春秋》学。有《复轩集》。

[3] 凫：野鸭。

[4] 冰轮：指明月。

晚泊松江

章 宪

长堤牵百丈，

舴艋[1]溯清漪。

山与残霞暝，

水将秋色宜。

江寒征雁度，

天远暮帆迟。

剩欲浮家去，

烟波学子皮[2]。

注释：

[1] 舴艋：小船。

[2] 子皮：指范蠡。

石斛栽莲

朱 翌[1]

数夕一梦吴淞江，

两桨飞度荷花乡。

刳中山骨泥数斗，

趁雨屈盘三节藕。

镜面光寒溢井花，

四雇无人下渴鸦。

【宋 代】

老翁真个儿童似,

我非韩公亦儿戏。

绿茎亭亭忽独立,

帘疏不隔香直入。

宛若船舫坐促膝,

遂使江湖在方尺。

虽无太华藕如船,

定有庐山房似笠。

注释:

[1] 朱翌（1097—1167年）：字新仲，号潜山居士、省事老人。舒州（今安徽桐城）人，卜居鄞县（今属浙江）。徽宗政和八年（1118年）进士。南渡后为秘书少监、中书舍人。秦桧恶其不附己，绍兴十一年（1141年），责授将作少监，谪居韶州。桧死，充秘阁修撰，知宣州，移平江府。卒年七十一岁。著有《猗觉寮杂记》二卷、《潜山集》四十四卷。

松江（其一）

俞 桂[1]

荷叶翻风暑气微，

看山露冷湿征衣。

垂虹夜静三高[2]月，

只照渔溪一舸[3]归。

注释：

[1] 俞桂：字希郤，仁和（今属浙江杭州市）人。生卒年不详。绍定五年（1232年）进士，一作端平二年（1235年）进士。曾在滨海地区为官，做过知州。他与陈起友善，有诗文往还。他的诗以绝句最为擅长，往往带着平静的心境观照自然，而时有独到的发现。文字清畅，也富于诗情画意。

[2] 三高：垂虹桥边的三高祠。

[3] 舸：大船。

【宋　代】

松江（其二）

俞　桂

香飘菡萏[1]短篷中，
水色山光一样同。
行止又非人所料，
今年两度上垂虹[2]。

注释：
[1]菡萏：指未开的荷花。
[2]垂虹：指吴淞江上的垂虹桥。

送人之[1]松江

俞　桂

西风萧瑟入船窗，
送客离愁酒满缸。

【吴淞江历代诗咏】

要记此时分袂[2]处,

暮烟细雨过松江。

注释:

[1] 之:去,往。

[2] 分袂:离别,分手。唐代杜牧的《重送王十》:"分袂还应立马看,向来离思始知难。"袂:衣袖。

丙午七夕后一日晚抵松江塔下

俞　桂

到得垂虹[1]迫暮烟,

前村雨暗莫行船。

幸然得与僧人熟,

借得终宵客位眠。

客中情况少人知,

正值钟声约束时。

【宋 代】

清坐更无人共话,

挑灯来看菊潭诗。

注释:

[1] 垂虹:即垂虹桥。

垂 虹

俞 桂

松江一景是虹桥,

欲约骚人[1]钓巨鳌[2]。

吴越封疆知几梦,

只今人物壮三高。

雪天斫鲙莎烟冷,

秋月渔歌剑气豪。

收拾琉璃千万顷,

尽为醽醁[3]汲波涛。

注释:

[1] 骚人:文人墨客。

[2] 鳌:古代传说中海里的大龟或大鳖。

[3] 醽醁:美酒名。

松 江

叶 茵[1]

占得中吴第一清,
莼鲈里社可鸥盟。
七层灯火重湖影,
千尺阑干两市声。
欸乃歌分长短律,
往来帆带古今情。
三高岂是无名利,
祇与时人有重轻。

【宋 代】

注释:

[1] 叶茵:字景文,笠泽(今属江苏苏州市)人。生卒年不详。

松江别诗

卢祖皋[1]

明月垂虹几度秋,

短篷长是击人愁。

暮烟疏雨分携地,

更上松江百尺楼。

注释:

[1] 卢祖皋(约1174—1224年):字申之,一字次夔,号蒲江,永嘉(今属浙江温州市)人。南宋庆元五年(1199年)中进士,初任淮南西路池州教授。今诗集不传,遗著有《蒲江词稿》一卷,刊入《彊村丛书》,凡九十六阕。诗作大多遗失,唯《宋诗纪事》《东瓯诗集》尚存近体诗八首。

卜算子·春事忆松江

李处全[1]

春事忆松江,

江上花无数。

一枕匆匆醉梦中,

芳草臞庵路。

携手度虹梁,

洗眼看渔具。

盐豉莼羹是处无,

早买扁舟去。

注释:

[1] 李处全(1134—1189年):字粹伯,号晦庵,丰县(今属江苏徐州市)人。高宗绍兴三十年(1160年)进士。曾任殿中侍御史及袁州、处州等地方官。有少数词作表现了抗敌爱国的热情和壮志难酬的悲愤。处全工词,著有《晦庵词》。

《宋　代》

泛舟松江

白玉蟾[1]

白酒黄封洌以妍，

鲈鱼买得一双鲜。

舟行无浪无风夜，

人在非晴非雨天。

醉熟不知天远近，

梦回但见月婵娟。

垂虹亭下星如织，

云满长洲草满川。

注释：

[1] 白玉蟾：南宋内丹理论家。金丹派南宗创始人，金丹派"南宗五祖"之一。生卒年待考。本姓葛，名长庚，字如晦，号琼琯，自称"神霄散史""海南道人""琼山老人""武夷散人"。

《吴淞江历代诗咏》

松江感怀

韩元吉[1]

忽忽倦行役,
栖栖问穷途。
生涯能几何,
所抱诗与书。
凄凉吴松路,
不到十载余。
当年路傍柳,
半已阴扶疏。
系舟上高桥,
春水正满湖。
鸥鸟如有情,
见人远相呼。
境豁目为纵,

【宋 代】

兴长心特舒。

尚想张季鹰,

此焉赋归欤。

生前与身后,

底用论区区。

但当酌美酒,

一鲙[2]江中鲈。

注释:

[1] 韩元吉(1118—1187年):字无咎,号南涧。开封雍邱(今河南开封市)人,一作许昌(今属河南)人。其词多抒发山林情趣。著有《涧泉集》《涧泉日记》《南涧甲乙稿》《南涧诗余》。存词八十余首。

[2] 鲙:通"脍",鱼脍,鱼细切做的肴馔。

三九十九日过松江五绝·在家每忆松江好

汪 莘[1]

在家每忆松江好,

及到松江又忆家。

梦见樵青来竹裹,

笑将渔父插桃花。

注释：

[1] 汪莘（1155—1227年）：字叔耕，号柳塘，休宁（今属安徽）人，布衣。隐居黄山，研究《周易》，旁及释、老。

三九十九日过松江五绝·薰风吹梦听新蝉

汪 莘

薰风吹梦听新蝉，

又向长桥舣[1]钓船。

好剪吴松半江水，

袖归三十六峰前。

【宋 代】

注释：

［1］舣：使船靠岸。

三九十九日过松江五绝·万顷烟婆[1]短棹飞

汪莘

万顷烟婆短棹飞，

一双鸥鸟弄斜晖。

如今频作姑苏客，

遥指当年旧钓矶[2]。

注释：

［1］烟婆：即烟波，指太湖水面。

［2］矶：水边突出的石头或江河中突出的石滩。

回至松江（其二）

汪莘

深林茅屋隐渔樵，

时有扁舟过石桥。

谁把客星[1]入图画，

晓风残月伴吹箫。

注释：

[1] 客星：我国古代对新星和彗星的称谓。

鹧鸪天·送欧阳国瑞入吴中

辛弃疾[1]

莫避春阴上马迟。

春来未有不阴时。

【宋　代】

人情展转闲中看，

客路崎岖倦后知。

梅似雪，

柳如丝。

试听别语慰相思。

短篷炊饮鲈鱼熟，

除却松江枉费诗。

注释：

［1］辛弃疾（1140—1207年）：原字坦夫，后改字幼安，别号稼轩，历城（今山东济南历城区）人。出生时，中原已为金兵所占。二十一岁参加抗金义军，不久归南宋。历任湖北、江西、湖南、福建、浙东安抚使等职。一生力主抗金。曾上《美芹十论》与《九议》，条陈战守之策。其词抒写力图恢复国家统一的爱国热情，倾诉壮志难酬的悲愤，对当时执政者的屈辱求和颇多谴责；也有不少吟咏祖国河山的作品。题材广阔又善化用前人典故入词，风格沉雄豪迈又不乏细腻柔媚之处。由于辛弃疾的抗金主张与当政的主和派政见不合，后被弹劾落职，退隐江西带湖。

长相思

陆 游[1]

桥如虹,

水如空,

一叶飘然烟雨中,

天教称放翁。

侧船篷,

使江风,

蟹舍参差渔市东,

到时闻暮钟。

注释:

[1] 陆游(1125—1210年):字务观,号放翁,越州山阴(今浙江绍兴)人。少时受家庭爱国思想的熏陶,高宗时应礼部试,为秦桧所黜。孝宗时赐进士出身。中年入蜀,投身军旅生活,官至宝章阁待制。晚年退居家乡。其创作的诗歌今存九千多

【宋　代】

首,内容极为丰富。著有《剑南诗稿》《渭南文集》《南唐书》《老学庵笔记》等。

枕上作

陆　游

一室幽幽梦不成,
高城传漏过三更。
孤灯无焰穴鼠出,
枯叶有声邻犬行。
壮日自期如孟博[1],
残年但欲慕初平[2]。
不然短楫弃家去,
万顷松江看月明。

注释:

[1] 孟博:指东汉人范滂,字孟博。

[2] 初平：即东晋修道之人皇初平。

松江晓晴

杨万里[1]

昨夜何缘不峭寒，

今晨端要放晴天。

窗间波日如楼上，

帘外霜风似腊前。

近水人家随处好，

上春物色不胜妍。

归时二月三吴路，

桃杏香中慢过船。

注释：

[1] 杨万里（1127—1206 年）：字廷秀，号诚斋。吉州吉水（今江西吉水县）人。南宋大臣，著名文学家、爱国诗人，与陆

【宋 代】

游、尤袤、范成大并称"南宋四大家"（又作"中兴四大诗人"）。因宋光宗曾为其亲书"诚斋"二字，故学者称其为"诚斋先生"。绍兴二十四年（1154年），杨万里登进士第，历仕高宗、孝宗、光宗、宁宗四朝，曾任知奉新县、国子博士、广东提点刑狱、太子侍读、秘书监等职，官至宝谟阁直学士，封庐陵郡开国侯。开禧二年（1206年），杨万里病逝，年八十。获赠光禄大夫，谥文节。杨万里一生作诗两万多首，传世作品有四千二百首，被誉为"一代诗宗"。他创造了语言浅近明白、清新自然，富有幽默情趣的"诚斋体"。杨万里的诗歌大多描写自然景物，且以此见长。他也有不少反映民间疾苦、抒发爱国感情的作品。著有《诚斋集》等。

鲈 鱼

杨万里

两年三度过垂虹[1]，
每过垂虹每雪中。
要与鲈鱼偿旧债，
不应张翰独秋风。

买来一尾那嫌少,

尚有杯羹慰老穷。

只是莼丝无觅处,

仰天大笑笑天公。

注释:

[1] 垂虹:即垂虹桥。

松江莼菜

杨万里

鲛人[1]直下白龙潭,

割得龙公滑碧髯[2]。

晓起相传蕊珠阙,

夜来失却水精帘。

一杯淡煮宜醒酒,

千里何须更下盐。

【宋 代】

可是士衡[3]杀风景,

却将膻腻比清纤。

注释:

[1] 鲛人:又名泉客,是中国古代神话传说中鱼尾人身的神秘生物。与西方神话中的美人鱼相似。早在干宝的《搜神记》中就有记载:"南海之外有鲛人,水居如鱼,不废织绩。其眼泣则能出珠。"传说中,鲛人善于纺织,可以制出入水不湿的龙绡,且滴泪成珠。

[2] 龙公滑碧髯:此处指莼菜。

[3] 士衡:指陆机(261—303年),吴郡吴县(今江苏苏州市)人。西晋著名文学家、书法家。出身吴郡陆氏,为孙吴丞相陆逊之孙、大司马陆抗第四子,与其弟陆云合称"二陆",又与顾荣、陆云并称"洛阳三俊"。

过太湖石塘三首(其一)

杨万里

才转船头特地寒,

初无风色自生湍。

堤横湖面平分白,

水拓天围分外宽。

一镜银涛三万顷,

独龙玉[1]脊百千蟠。

若为结屋芦花里,

月笠云蓑把钓竿。

注释:

[1] 独龙玉:产自云南怒江州滇缅边境贡山县的一种玉石。

过太湖石塘三首(其二)

杨万里

每过松江得伟观,

玻璃盆底钉[1]乾坤。

天边岛屿空无际,

【宋 代】

烟外人家澹[2]有痕。

笠泽古今多浪士,

包山近远在何村。

季鹰鲁望[3]何曾死,

雪是衣裳月是魂。

注释:

[1] 饤:饾饤,供陈设的食品。

[2] 澹:通"淡"。

[3] 季鹰鲁望:指张翰和陆龟蒙。

过太湖石塘三首(其三)

杨万里

兀坐船中只欲眠,

不如船外看山川。

松江是物皆诗料,

兰桨穿湖即水仙。

将取垂虹亭上景,

都归却月观中篇。

正缘王事游方外,

凿齿[1]弥天未当贤。

注释:

[1] 凿齿:释义一,古代传说中的野人。《山海经·海外南经》:"羿与凿齿战于寿华之野。羿射杀之,在昆仑虚东。羿持弓矢,凿齿持盾。"郭璞注:"凿齿亦人也,齿如凿,长五六尺,因以名云。"一说谓兽名。《淮南子·本经训》:"尧乃使羿诛凿齿於畴华之野。"高诱注:"凿齿,兽名,齿长三尺,其狀如凿。"《梁书·文学传下·刘峻》:"虽大风立于青丘,凿齿奋于华野,比于狼戾,曾何足喻。"释义二,比喻残暴作乱之徒。汉扬雄《长杨赋》:"昔有强秦,封豕其士,窫窳其民,凿齿之徒相与摩牙而争之。"

《宋代》

舟泊吴江三首（其一）

杨万里

独立吴江第四桥[1]，
桥南桥北渺银涛。
此身真在吴江里，
不用并州快剪刀[2]。

注释：

[1] 古代评论认为吴淞江第四桥的水是天下排在第六位的好水，专用来沏茶。

[2] 并州快剪刀：引用杜甫的诗《戏题王宰画山水图歌》中"焉得并州快剪刀"。

舟泊吴江三首（其二）

杨万里

江湖便是老生涯，
佳处何妨且泊家。
自汲[1]松江桥下水，
垂虹亭上试新茶。

注释：
[1] 汲：取水。

舟泊吴江三首（其三）

杨万里

东是吴江西太湖，
长桥横截万寻[1]余。

【宋 代】

江妃[2]舞倦凌波袜,

玉带围腰揽镜初。

注释:

[1] 寻:古代长度单位,八尺为一寻。

[2] 江妃:亦作"江斐",传说中的神女。

松江鲈鱼

杨万里

鲈出鲈乡[1]芦叶前,

垂虹亭上不论钱。

买来玉尺[2]如何短,

铸出银梭[3]直是圆。

白质黑章三四点,

细鳞巨口一双鲜。

秋风想见真风味,

只是春风已迥然。

注释：

[1] 鲈乡：指吴江县。

[2] 玉尺：玉制的尺。此处比喻松江鲈鱼。

[3] 银梭：银质的梭子。此处比喻松江鲈鱼。

已过吴江阻风上湖口二首（其一）

杨万里

五日姑苏一醉中，

醉中看尽牡丹红。

阻风只怕松江渡[1]，

过了松江却阻风。

注释：

[1] 松江渡：古代松陵驿水驿的渡口。

《宋 代》

已过吴江阻风上湖口二首（其二）

杨万里

南风卷水入湖去，

落尽波痕不复回。

更被网船[1]碍归舫[2]，

一船一过尽船来。

注释：

[1] 网船：指吴淞江里的渔船。

[2] 舫：指大的游船。

题吴江三高堂——张季鹰

杨万里

京洛缁尘[1]点素衣，

秋风日夕唤人归。

鲈鱼不解疏张翰,

羊酪偏能留陆机。[2]

二晋兴亡几春草,

三吴人物尚渔矶。

空令千古华亭鹤,

犹为诸贤说是非。

注释:

[1] 缁尘:黑色灰尘,常喻世俗污垢。

[2] 羊酪偏能留陆机:典出自南朝宋刘义庆《世说新语·言语》,"陆机诣王武子,武子前置数斛羊酪,指以示陆曰:'卿江东何以敌此?'陆云:'有千里莼羹,但未下盐豉耳。'"。

题吴江三高堂——范蠡

杨万里

霸越亡吴未害仁,

《宋　代》

不妨报国并酬身。

风云长颈无遗恨，

雪月扁舟更绝尘。

还了君王采香径，

须饶老子苎罗人[1]。

鸱夷[2]若是真高士，

张陆何堪作近邻。

注释：

[1] 苎罗人：指西施。西施为浙江诸暨苎罗山人。

[2] 鸱夷：指范蠡，自称鸱夷子皮。

题吴江三高堂——陆鲁望

杨万里

读尽诗书不要官，

饥寒欲死岂无田。

生憎俗子慵[1]开眼,

逢著诗人便绝弦。

笠泽弁山三益友,

笔床茶灶一鱼船。

羡渠赤脚弄明月,

蹈破五湖光底天。

注释:

[1] 慵:懒惰的意思。

垂虹亭观打鱼斫鲙[1]四首(其一)

杨万里

桥柱疏疏四寂然,

亭前突出八鱼船。

一声磔磔[2]鸣榔[3]起,

惊出银刀跃玉泉。

【宋　代】

注释：

[1] 斫鲙：将刚捕上岸的松江鲈鱼切成生鱼片。

[2] 磔磔：鸣榔发出的声音。

[3] 鸣榔：用木棒敲击船舷或木板。

垂虹亭观打鱼斫鲙四首（其二）

杨万里

六只轻舠[1]搅四旁，

两船不动水中央。

网丝一撒还空举，

笑得倚栏人断肠。

注释：

[1] 舠：小船。

【吴淞江历代诗咏】

垂虹亭观打鱼斫鲙四首（其三）
杨万里

渔郎妙手绝多机，

一网收鱼未足奇。

刚向人前撰[1]勋绩，

不教速得只教迟。

注释：

[1] 撰：编造。

垂虹亭观打鱼斫鲙四首（其四）
杨万里

鲈鱼小底最为佳，

一白双腮是当家。

【宋 代】

旋看冰盘堆白雪，

急风吹去片银花[1]。

注释：

[1] 银花：指刚切好的松江鲈鱼脍。

秋日田园杂兴

范成大[1]

杞菊垂珠滴露红，

两蛩[2]相应语莎[3]丛。

虫丝胃[4]尽黄葵叶，

寂历高花侧晚风。

朱门巧夕沸欢声，

田舍黄昏静掩扃。

男解牵牛女能织，

不须微福渡河星。

【吴淞江历代诗咏】

橘蠹如蚕入化机,
枝间垂茧似蓑衣;
忽然蜕作多花蝶,
翅粉才乾[5]便学飞。
静看檐蛛结网低,
无端妨碍小虫飞。
蜻蜓倒挂蜂儿窘,
催唤山童为解围。
垂成穑事苦艰难,
忌雨嫌风更怯寒。
笺诉天公休掠剩,
半偿私债半输官。
秋来只怕雨垂垂,
甲子无云万事宜。
获稻毕工随晒谷,
直须晴到入仓时。
中秋全景属潜夫,

【宋 代】

棹入空明看太湖。
身外水天银一色,
城中有此月明无。
新筑场泥镜面平,
家家打稻趁霜晴;
笑歌声里轻雷动,
一夜连枷响到明。
租船满载候开仓,
粒粒如珠白似霜。
不惜两钟输一斛,
尚赢糠核饱儿郎。
菽粟瓶罂贮满家,
天教将醉作生涯。
不知新滴堪篘[6]未?
今岁重阳有菊花。
细捣枨齑[7]买鲙鱼,
西风吹上四腮鲈。

雪松酥腻千丝缕,

除却松江到处无。

新霜彻晓报秋深,

染尽青林作缬[8]林。

惟有橘园风景异,

碧丛丛里万黄金。

注释:

[1] 范成大(1126—1193年):字致能,号称石湖居士,谥文穆。吴县(今江苏苏州)人。从江西派入手,后学习中、晚唐诗,继承了白居易、王建、张籍等诗人新乐府的现实主义精神,终于自成一家。风格平易浅显、清新妩媚。诗题材广泛,以反映农村社会生活内容的作品成就最高。他与杨万里、陆游、尤袤合称南宋"中兴四大诗人"。

[2] 蛩:指蟋蟀。

[3] 莎:本意是指草名,即香附子,多年生草本植物。

[4] 罥:挂;缠绕。

[5] 乾:通"干"。

[6] 篘:指酒的过滤。

[7] 齑:捣碎的姜、蒜或韭菜的细末。

[8] 缬:有花纹的丝织品。

【宋 代】

松江道中

刘 宰[1]

久作松江梦,

重来泛短篷。

淡云飞急雪,

枯叶战狂风。

烟末三家市,

波心一钓翁。

鸱夷身计耳,

吴越等成空。

注释:

[1] 刘宰(1167—1240年):字平国,号漫塘病叟,镇江金坛(今属江苏)人。绍熙元年(1190年)举进士。历任州县,有能声。寻告归。理宗立,以为籍田令。迁太常丞,知宁国府,皆辞不就。隐居三十年,于书无所不读。既卒,朝廷嘉其节,谥

文清。宰为文淳古质直,著有《漫塘文集》三十六卷,《四库全书总目》又作有语录,并传于世。

送梁伯旸归括苍三首(其一)

刘　宰

怒风驾海潮,
钱塘天下壮。
岷山浚源委,
东下极奔放。
中横吴淞江,
烟波渺四望。
归欤太史笔,
偃蹇[1]九霄上。

注释:

[1] 偃蹇:高耸。

《宋　代》

松　江

陈必复[1]

嗟我赋归役，

怜君尚滞留。

江风借行色，

山月伴离愁。

天地日以肃，

星辰夜欲浮。

东篱菊花约，

莫易负清秋。

注释：

[1] 陈必复：字无咎，号药房，长乐（今属福建）人。生卒年不详。宁宗嘉定间居封禺山中，结屋为其吟所。理宗淳祐十年（1250年）进士。著作已佚，仅《南宋六十家小集》中存《山居存稿》一卷。

吴江[1]道中

陈必复

叶老蚕登箔,

泥肥燕茸窠。

晓风帆腹饱,

夜雨柂梢高。

久客交游少,

一春行役多。

短篷[2]终日坐,

煮茗[3]读离骚。

注释:

[1] 吴江:指吴淞江。

[2] 篷:船篷。

[3] 茗:茶。

【宋　代】

贺新郎·题吴江

刘仙伦[1]

重唤松江渡。

叹垂虹亭下，销磨几番今古！

依旧四桥风景在，为问坡仙[2]甚处。

但遗爱、沙边鸥鹭。

天水相连苍茫外，更碧云去尽山无数。

潮正落，日还暮。

十年到此长凝伫。

恨无人、与共秋风，鲙丝[3]莼[4]缕。

小转朱弦弹九奏，拟致湘妃伴侣。

俄皓月、飞来烟渚。

恍若乘槎河汉上，怕客星犯斗蛟龙怒。

歌欸乃，过江去。

注释:

[1] 刘仙伦：一名僎，字叔僎，号招山，庐陵（今江西吉安市）人。生卒年不详。与刘过齐名，被称为"庐陵二布衣"。著有《招山小集》一卷。赵万里《校辑宋金元人词》辑为《招山乐章》一卷。

[2] 坡仙：指苏东坡。

[3] 鲙丝：指用吴淞江鲈鱼做成的生鱼肉丝。

[4] 莼：莼菜。

赵嘉甫致松江蟹

高似孙[1]

雁知枫已落松江，

催得书来急蟹纲。

消一两螯如斫雪，

强三百橘未经霜。

无诗莫学天随子[2]，

有酒当呼吏部郎。

【宋代】

不解持经聊戒杀，

省嫌无板去烧汤。

注释：

[1] 高似孙（1158—1231年）：字续古，号疏寮，鄞县（今浙江宁波市）人，一说余姚（今属浙江）人。孝宗淳熙十一年（1184年）进士。调会稽县主簿，历任校书郎，出知徽州，迁守处州。宁宗庆元六年（1200年）通判徽州，嘉定十七年（1224年）为著作佐郎。理宗宝庆元年（1225年）知处州。著有《疏寮小集》《剡录》《子略》《蟹略》《骚略》《纬略》等。

[2] 天随子：晚唐诗人陆龟蒙的号。

石湖仙·松江烟浦

姜　夔[1]

松江烟浦。

是千古三高，游衍佳处。

须信石湖仙，似鸱夷、翩然引去。

浮云安在？我自爱、绿香红舞。

容与。看世间、几度今古。

卢沟旧曾驻马，为黄花、闲吟秀句。

见说胡儿，也学纶巾欹[2]羽。

玉友金蕉，玉人金缕。缓移筝柱。

闻好语。明年定在槐府[3]。

注释：

[1] 姜夔（约1155—约1221年）：字尧章，号白石道人，饶州鄱阳（今江西鄱阳县）人，南宋文学家、音乐家。人品秀拔，体态轻盈，气貌弱不胜衣，望之若神仙中人。往来鄂、赣、皖、苏、浙间，与诗人词家杨万里、范成大、辛弃疾等交游。庆元中，曾上书乞正太常雅乐。他少年孤贫，屡试不第，终生未仕，一生转徙江湖，靠卖字和朋友接济为生。他多才多艺，精通音律，能自度曲，其词格律严密。其作品素以空灵含蓄著称，有《白石道人歌曲》等。姜夔对诗词、散文、书法、音乐，无不精善，是继苏轼之后又一难得的艺术全才。

[2] 欹：倾斜。

[3] 槐府：古代三公的官署或宅第。

【宋 代】

点绛唇·丁未冬过吴松作
姜　夔

燕雁无心，太湖西畔随云去。

数峰清苦。

商略[1]黄昏雨。

第四桥边，拟共天随[2]住。

今何许。

凭阑怀古。

残柳参差舞。

注释：

[1] 商略：商量，此处指酝酿。
[2] 天随：天随子，陆龟蒙自己取的号。

过垂虹
姜　夔

自作新词韵最娇，

小红低唱我吹箫。

曲终过尽松陵路[1]，

回首烟波十四桥。

注释：

[1] 松陵路：吴江松陵镇到垂虹桥的一段水路。

登垂虹亭二首（其一）
张元幹[1]

一别三吴地，

重来二十年。

【宋　代】

疮痍兵火后，

花石稻粱先。

山暗松江雨，

波吞震泽天。

扁舟莫浪发，

蛟鳄正垂涎。

注释：

[1] 张元幹（1091—?）：字仲宗，号芦川老隐、真隐山人，永福（今福建永泰县）人。北宋政和初，为太学上舍生。宣和七年（1125年），任陈留县丞。靖康元年（1126年），金兵围汴，入李纲行营使幕府，李纲罢，也遭贬逐。绍兴元年（1131年），以将作监致仕。绍兴八年（1138年），秦桧当国，力主和议，胡铨上书请斩秦桧等以谢天下，时李纲亦反对和议罢居长乐，元幹赋《贺新郎》词赠纲，对李纲的抗金主张表示积极支持。胡铨被除名送新州编管，元幹持所赋《贺新郎》词送行。后桧闻此事，以他事追赴大理寺除名削籍。元幹尔后漫游江苏、浙江等地，客死他乡。存词一百八十余首。至今，在福建永泰县嵩口镇镇上还有保存完好的张元幹故居。

朝中措·松江西畔水连空

张　抡[1]

松江西畔水连空。

霜叶舞丹枫。

谩道金章清贵,

何如蓑笠从容。

有时独醉,无人系缆,一任斜风。

不是芦花惹住,几回吹过桥东。

注释:

[1] 张抡:字才甫,自号莲社居士。开封(今属河南)人。生卒年不详。绍兴间,知阁门事。淳熙五年(1178年),为宁武军承宣使。有《莲社词》一卷。

【宋 代】

徐醉墨小像（其二）

赵 镇[1]

瓜皮艇子钓鱼翁，
乌桕根边寄短篷。
落叶不知深几许，
吴淞江上问秋风。

注释：

[1] 赵镇（1152—1207 年）：字国宁，缙云（今属浙江）人。

松江舟中四首荷叶浦时有不测末句故及之（其一）

戴复古[1]

垂虹[2]五百步，

太湖三万顷。

除却岳阳楼,

天下无此景。

范蠡挟西施,

功名付烟艇。

注释:

[1] 戴复古(1167—约1248年):字式之,常居南塘石屏山,故自号石屏、石屏樵隐,台州黄岩(今属浙江台州市)人,南宋著名的江湖诗派诗人。曾从陆游学诗,作品受晚唐诗风影响,兼具江西诗派风格。一生不仕,浪游江湖,后归家隐居,卒年八十余。著有《石屏诗集》《石屏词》《石屏新语》。

[2] 垂虹:垂虹桥。

吴 江

汪元量[1]

吴江潮水化虫沙[2],

【宋 代】

两岸垂杨噪乱鸦。
舟子鱼羹分宰相,
路人麦饭进官家[3]。
莫思后事悲前事,
且向天涯到海涯。
回首尚怜西去路,
临平山下有荷花。

注释:

[1] 汪元量(1241—1317年):字大有,号水云,钱塘(今浙江杭州市)人。宋末元初诗人、词人、宫廷琴师。宋度宗时以晓音律、善鼓琴供奉内廷。宋亡,随三宫迁往大都,出入宫中,侍奉元主。元世祖至元二十五年(1288年),出家为道士,获准南归,次年抵钱塘。后往来江西、湖北、四川等地,终老湖山。著有《水云集》《湖山类稿》《水云词》等。

[2] 虫沙:比喻战死的将士或因战乱而死的百姓。语本《抱朴子》载:"周穆王南征,一军尽化,君子为猿为鹤,小人为虫为沙。"

[3] 官家:宋时对皇帝的称谓。

元代

【元 代】

奉吏官员迁调松江

陆文圭[1]

吏员务选才具良,

不问他邦与吾乡。

珠金出产已足贵,

兰桂移根亦自香。

诸君此行良不恶,

居家何如宦游乐。

季鹰[2]曾忆松江鲈[3],

士龙空叹华亭鹤[4]。

昔人还乡苦不早,

今人离乡涉远道。

渔舟泛泽青茫茫,

客衣吹霜白皓皓。

朱甍结构井邑富,

画戟清闲官府好。

纷纷刀笔心自厌,

落落功名身未老。

要看入海运大鹏,

不恨出山成小草。

注释:

[1] 陆文圭(1252—1336年,一说1248—1332年):字子方,号墙东,江阴(今属江苏)人。博通经史百家,兼及天文、地理、律历、医药、算术之学。编有《师宣堂文》,著有《墙东类稿》。

[2] 季鹰:西晋时期文学家张翰的字。

[3] 松江鲈:指吴淞江鲈鱼。

[4] 华亭鹤:此处为用典,指陆机被杀时感叹再也听不到家乡华亭的鹤鸣了。

吴 淞 江

赵孟頫[1]

壮气浮孤剑,

【元代】

余生寄短篷。

战尘昏野色,

积雪晚春风。

北望旌旗阔,

南归郡邑空。

江花与江水,

客思两无穷。

注释:

[1] 赵孟頫(1254—1322年):字子昂,号松雪道人,浙江吴兴(今浙江湖州吴兴区)人,元初杰出的书画家。

人月圆·松江遇雪

张可久[1]

一冬不见梅花面,

天意可怜人。

晓来如画，

残枝缀粉，

老树生春。

山僧高卧，

松炉细火，

茅屋衡门。

冻河堤上，

玉龙战倒，

百万愁鳞。

注释：

[1] 张可久（约1270—约1350年）：字小山（一说名伯远，字可久，号小山；一说名可久，字伯远，号小山；又一说字仲远，号小山）。庆元（今浙江宁波市）人。元朝重要的散曲家、剧作家，与乔吉并称"双璧"，与张养浩合为"二张"。

【元 代】

晓行吴淞江

释惟则[1]

水转沙涂又一湾,

迎船孤塔出烟岚。

长江一道横风起,

两岸争飞上下帆。

注释:

[1] 释惟则(约 1280—1350 年):号天如,俗姓谭,永新(今江西吉安市)人。元代高僧、园艺家。他倡导禅净双修,为开宗立派的大师。辟苏州名园狮子林,为第一任园主,善诗,著有《师子林别录》《天如集》等。

吴淞江观闸

释惟则

吴松江水急如箭,
昔见画图今识面。
百川应命争先趋,
东注海门如赴战。
海波怒发驱潮头,
战退吴松水倒流。
江潮一日两相斗,
万古不决犹寇仇[1]。
江水清兮潮水浊,
江水不似潮水恶。
恶潮推出海中洲,
堆积江面成山丘。
官忧水害难疏凿,

【元　代】

横江四闸同时作。
潮来下闸潮平开,
闸内不通潮往回。
潮波怒息卷底去,
闸门又见江波怒。
闸上盘涡万阵分,
闸下狂澜万骑奔。
万雷吼兮万鼓发,
石走沙飞乱戈甲。
黄河冲破华山根,
健瀑劈开青玉峡。
人言水性险且凶,
不知水与人情同。
情涛识浪怒且愤,
不在江潮在方寸。
水险尚可避,
人险终难知。

人争额额[2]罔[3]昼夜，

水争尚有潮平时。

注释：

[1] 寇仇：仇敌，仇视。

[2] 额额：高貌。

[3] 罔：无。

垂虹亭

倪　瓒[1]

虚阁春城外，

澄湖莫雨边。

飞云忽入户，

去鸟欲穷天。

林屋青西映，

吴松碧左连。

【元 代】

登临感时物,

快吸酒如川。

注释:

[1] 倪瓒(1301—1374年):初名珽,字泰宇,后字元镇,号云林子、荆蛮民、幻霞子等。江苏无锡人。家富,博学好古,四方名士常至其门。元顺帝至正初,忽散尽家财,浪迹太湖一带。擅画山水、墨竹,师法董源,受赵孟頫影响。早年画风清润,晚年变法,平淡天真。疏林坡岸,幽秀旷逸,笔简意远,惜墨如金。以侧锋干笔作皴,名为"折带皴"。墨竹偃仰有姿,寥寥数笔,逸气横生。书法从隶入,有晋人风度,亦擅诗文。与黄公望、王蒙、吴镇合称"元四家"。存世作品有《渔庄秋霁图》《六君子图》《容膝斋图》等。著有《清闷阁集》。

寄卢士行

倪 瓒

阊闾浦[1]口路依微,

笠泽汀[2]边白板扉。

【 吴淞江历代诗咏 】

照夜风灯[3]人独宿，
打窗江雨鹤相依。
畏途岂有新知乐，
老景空思故里归。
拟问桃花泛春水，
船头浪暖鳜鱼肥。

注释：

[1] 阊间浦：吴淞江交流，在今甪直。

[2] 汀：水边平地。

[3] 风灯：古代一种手提或可悬挂的能防风雨的油灯。

寄杨廉夫

倪　瓒

吴松江水春，
汀洲多绿蘋。
弹琴吹铁笛，
中有古衣巾。

【元 代】

我欲载美酒,
长歌东问津。
渔舟狎[1]鸥鸟,
花下访秦人[2]。

注释:

[1] 狎:戏弄。
[2] 访秦人:借用陶渊明《桃花源记》的典故。

题元璞上人壁

倪 瓒

萧条江上寺,
迢递白云横。
坐待高僧久,
时闻落叶声。
鸱夷怀往躅[1],
张翰有余情。
独棹扁舟去,

门前潮未生。

注释：

[1] 躅：徘徊不进。

题曹云西画

倪　瓒

吴淞江水碧于蓝，
怪石乔柯在渚南。
鼓柂[1]长吟采蘋去，
新晴风日更清酣。

注释：

[1] 柂：同"舵"，船舵。

【元 代】

《疏林远岫图》写赠子素征

倪　瓒

已从沤鸟[1]狎云深，
老我无机似汉阴。
采采[2]菊花犹满地，
萧萧霜发不胜簪。
南游阻绝伤多垒，
北望艰危折寸心。
家在吴淞江水上，
清猿啼处有枫林。

注释：

[1] 沤鸟：鸥鸟，海鸥。沤，通"鸥"。

[2] 采采：茂盛。

绝句三首

倪瓒

其一

松陵第四桥前水，
风急犹须贮一瓢。
敲火煮茶歌白苎，
怒涛翻雪小停桡[1]。

其二

人家近住江城外，
月色波光上下天。
风景自佳时俗异，
泊舟闲咏白云篇。

其三

白鸥飞处夕阳明，
山色隔江眉黛[2]横。
试看三高祠下水，

【元 代】

悠悠中有别离情。

注释：

[1] 桡：划船的桨。

[2] 黛：黑色。

吴淞江上谩兴二首（其一）

贡师泰[1]

白月满天江水平，
银河垂地寂无声。
披衣独坐过夜半，
拨剌[2]跳鱼时一鸣。

注释：

[1] 贡师泰（1298—1362年）：字泰甫，号玩斋。宣城（今安徽宣城）人，国子生。泰定帝泰定四年（1327年）授从仕郎、太和州判官。累除绍兴路总管府推官，郡有疑狱，悉为详谳而剖决之，治行为诸郡最。元顺帝至正十四年（1354年），为吏部侍郎。时江淮兵起，京师缺粮，师泰至浙西籴粮百万石给京师，迁

兵部侍郎，旋为平江路总管。至正十五年（1355年），张士诚破平江，师泰逃匿海滨。士诚降元，出任两浙都转运盐使。至正二十二年（1362年），召为秘书卿，卒于道。工诗文。有《玩斋集》。

[2] 拨剌：鱼尾拨水声。

吴淞江上谩兴二首（其二）

贡师泰

露冷草根鸣蟋蟀，
雨晴花影转蟏蛸[1]。
一家四散知何在，
独对林间喜鹊巢。

注释：

[1] 蟏蛸：一种蜘蛛。身体细长，脚也很长。多在室内墙壁间结网。通称"喜蛛"或"蟢子"，民间认为其出现是喜庆的预兆。

【元代】

送日上人还吴淞

善　住[1]

秋云秋水两悠悠，
白首何堪动别愁。
代岭月明寒雁过，
楚江木落晚禾收。
夫差既赐申胥剑，
勾践难回范蠡舟。
今古兴亡无限事，
原因归路问沙鸥。

注释：

[1] 善住：字无住，号云屋。生卒年不详。尝居吴郡报恩寺。往来吴淞江上，与仇远、白挺、虞集、宋无诸人相唱和。工诗，为元代"诗僧之冠"。有《谷响集》。

静安八咏录五·其五·沪渎垒

唐 奎[1]

吴淞江上袁公[2]垒,

千年何处寻遗址。

石犀半落江水中,

秋老芦花三十里。

五百马尘今尚飞,

啾啾赤子将安归?

月明古堞急鼓鼙,

孤臣有泪空沾衣。

注释:

[1] 唐奎:字文昌,晋阳(今山西太原市)人。生卒年不详。

[2] 袁公:东晋吴国内史袁崧,在吴淞江下游筑沪渎垒防孙恩,后战死。

【元 代】

静安八咏录五·其六·芦子渡[1]

唐 奎

耶城东来芦子渡,

万顷芦花失江路。

明月清秋作雪飞,

村中不见将军墓。

只今海内风尘昏,

移家来就渔樵论。

处处桑麻有闲地,

纷纷桃李傍公门。

注释:

[1] 芦子渡:在吴淞江下游沪渎垒以东芦子浦与吴淞江交汇处,两岸曾筑军事城堡,称芦子城。

《吴淞江历代诗咏》

送仲珍弟还乡兼奉内弟陈子传

黄 玠[1]

吴淞江边秋冰生,

榜人刺篙歌采菱。

古来贫贱别更苦,

置酒不饮心如醒[2]。

落日长云下平楚,

孤雁决起南飞翎。

救寒几日衣上褚,

原头西风吹脊令。

阿婆[3]倚门瘦骨立,

手挥五弦多苦声。

流光一瞬二十载,

风缌露沐将焉成。

汝归买田嵩水曲,

【元 代】

小筑便可开柴扃。

他年枣下实纂纂,

我亦岂惮为耕氓。

芋魁作羹饭瓜麸,

充腹不在罗珍盛。

金石论交有销泐,

人生急难如弟兄。

注释:

[1] 黄玠:字伯成,号弁山小隐。定海(今浙江舟山市)人。生卒年不详。黄震曾孙。幼励志操,不随世俗,躬行力践,以圣贤自期。隐居教授,孝养双亲。晚年乐吴兴山水,卜居弁山。卒年八十岁。有《弁山集》《知非稿》等。

[2] 酲:形容醉后神志不清。

[3] 阿媪:阿婆。

《吴淞江历代诗咏》

望海·吴淞江口海门东

叶广居[1]

吴淞江口海门东,

万里京师咫尺通。

白柁红旗三月浪,

紫箫花鼓午潮风。

注释:

[1] 叶广居:字居仲,浙江嘉兴人。生卒年不详。天资机悟,才力绝人。工古文诗歌。仕至浙江儒学提举。筑室西泠桥,陶情诗酒。有《自德斋集》。

曹知白吴淞山色图

潘 纯[1]

一片吴淞江上秋,

【元 代】

淡云凉叶思悠悠。

何时莼菜鲈鱼脍,

却向先生画里游。

注释:

[1] 潘纯:字子素,庐江(今安徽合肥庐江县)人。生卒年不详。少有才华,擅长诗赋。曾因撰写《衮卦》讥讽朝政而被追捕,后被迫携家流寓江南,被御史大夫高纳麟招为幕僚,因向高纳麟告发其子高安的不法行为,被高安暗杀于萧山道中,死后归葬西湖岳王墓侧。

钱宗文扇

凌云翰[1]

吴淞江上见秋风,

水色山光下笔同。

闻道四鳃鲈最美,

几时归去作渔翁?

注释:

[1] 凌云翰:字彦翀,浙江仁和人。生卒年不详。博览群籍,通经史,工诗。元至正年间举人。洪武初以荐,授成都府学教授。后坐事谪南荒。有《柘轩集》。

明　代

【明 代】

吴淞江逢清明

释宗泐[1]

吴淞江上看春雨,

客路扁舟三月行。

两岸人家插杨柳,

不知今日是清明。

注释:

[1] 释宗泐(1317—1391年):明僧,俗姓周,字季潭,名所居室为全室。浙江临海人。洪武中诏致有学行高僧,首应诏至,奏对称旨。诏笺释《心经》《金刚经》《楞伽经》,曾奉使西域。深究胡惟庸案时,曾遭株连,太祖命免死。后在江浦石佛寺圆寂。著有《全室集》。

送张德常之松江判官

余　诠[1]

万汇涵濡雨露中,

百年文物倏飘蓬。

鲈鱼独擅吴中美,

骥足宁如冀北空。

肝胆几时酬楚国,

里间从此变王风。

吴淞江水秋无底,

好与使君襟抱同。

注释：

[1] 余诠：字士平，元明间江西丰城人。生卒年不详。元顺帝至正年间为江浙儒学副提举。明洪武初以明经老成被荐，召入京师，翌日命为文华殿大学士，以年逾七十固辞。侨居昆山。

【明代】

钓雪滩

高 启[1]

江流欲澌鱼不起,
一蓑独钓寒芦里。
渔村茫茫烟火微,
雪满晚篷人独归。

注释:

[1] 高启(1336—1373 年):字季迪,号槎轩,平江路(明改苏州府)长洲县(今江苏苏州市)人。在文学史上,与刘基、宋濂并称"明初诗文三大家";又与杨基、张羽、徐贲被誉为"吴中四杰",当时论者把他们比作"初唐四杰";又与王行等号"北郭十友"。洪武初,以荐参修《元史》,授翰林院国史编修官,受命教授诸王。擢户部右侍郎。苏州知府魏观在张士诚官址改修府治,获罪被诛。高启曾为之作《郡治上梁文》,有"龙蟠虎踞"四字,被疑为歌颂张士诚,连坐腰斩。有《高太史大全集》《凫藻集》等。

【吴淞江历代诗咏】

过吴淞江风雨不可渡晚觅渔舟抵松陵官馆
高 启

风雨方知客路难,

飞鸿相逐渡江湍[1]。

港收渔市舟归晚,

门掩官厅烛对寒。

此地昔年曾远宿,

何人今夕共清欢。

枕边不为江声急,

梦寐忧时未得安。

注释:

[1] 湍:急流的水。

【明 代】

舟泛吴淞江

卢 熊[1]

早发木兰桡,

江行趁落潮。

雨分牛脊近,

云隔马鞍遥。

弟妹成疏阔,

交朋竟寂寥。

谩持昌歜酒,

那得客愁消。

注释：

[1]卢熊（1331—1380年）：号公武，昆山（今属江苏）人。元末，为吴县教谕，留心典故。洪武初，举秀才。以故官迫遣赴京，母卒竟归。复起为工部照磨。以能书，授中书舍人，迁知兖州。时兵革甫定，会营鲁王府。又浚河，大役并兴。熊尽心

调度，民以不扰，为政务恺悌，不求赫名，以簿录刑人家属事，坐累死，年五十，葬武邱乡。卢熊少从杨维桢学，博学，工文章，尤精篆籀，著述数十种。辑有《苏州府志》，另有《说文字原章句》《鹿门隐书》《孔颜世系谱》《蓬蜗集》《幽忧集》《石门集》《清溪集》等。

次韵贝原晕留别（其二）

程本立[1]

五年官舍汴州城，
一见乡人一怆情。
赖有寒毡留客坐，
可无春酿与君倾。
北来山水登临倦，
南去音书感慨并。
何日吴松江上住，
两蓑烟雨钓舟横。

【明 代】

注释：

[1] 程本立（？—1402年）：字原道，号巽隐。浙江桐乡人，宋儒程颐之后。洪武二十年（1387年）春，任周王府长史。洪武二十二年（1389年），周王弃藩国至凤阳，程本立坐累谪为云南马龙他郎甸长官司吏目，在此任职期间，为官贤泽，民夷安业。三十一年（1398年）后受学士董伦、府尹向宝推荐，征入翰林，预修《明太祖实录》，迁右佥都御史。其诗文由曾孙程山于弘治时编为《巽隐集》，共四卷，前两卷为诗。《四库全书总目》评价道："本立文章典雅，诗亦深稳朴健，颇近唐音。不但节义为足重，即以词采而论，位置于明初作者之间，亦无愧色矣。"

雪篷图诗为吴淞蔡子坚作

萧 规[1]

吴榜何年过东浙，
带得山阴一篷雪。
春风浩浩吹不消，
夜月娟娟照偏洁。
雪篷主人且好奇，

载客日游随所之。

呼酒恒持金凿落,

对花每品玉参差。

咿哑柔橹渡湖曲,

惊起鸳鸯不成宿。

泛泛斜当橘树移,

摇摇直傍银槎逐。

棹歌齐发声抑扬,

高情独爱水云乡。

从游酬酢谁最密,

儒雅人称马季良。

注释:

[1] 萧规:字时用,因居留槎洲溪边,故号槎溪。生卒年不详。明孝宗弘治十八年(1505 年)进士,初任湖广广济县知县,后召为兵部给事中。正德年间出任福州知府。嘉靖初(约1522 年)升任江西左布政致仕。嘉靖五年(1526 年),由郎中出任大名知府。其诗词有《俞将军引·不忍将身配象奴》《关山月·白杨风萧萧》《题张甘白乐圃林馆》《雪篷图诗为吴淞蔡子坚作》等。

〖明 代〗

高大使吴淞归兴图

陈 安[1]

枫落吴江白雁飞,

天涯游子正思归。

香消夜月青绫被,

凉入秋风白纻衣。

江浦兼葭含宿雨,

驿亭杨柳带斜晖。

分明记得西湖上,

载酒兰舟近翠微。

注释:

[1] 陈安(？—1397年):字安仲,号叔恭,福建闽县(今福建福州长乐区)人。善诗文。明洪武三十年(1397年)"春榜"状元。此科进士因大江以北无一人中式,落第的北方举子纷纷上疏,告主考官"私其乡"。太祖怒,三月初十,正式下诏,

成立了十二人的"调查小组",命侍读张信、侍讲戴彝、右赞善王俊华、司直郎张谦、司经局校书严叔载、正字董贯、王府长史黄章、纪善周衡和萧揖,以及已经廷试录取的陈安、尹昌隆、刘仕谔等,于落第试卷中每人再各阅十卷,增录北方人入仕,结果仍维持原榜。于是,又有人上疏,称主考官与复审官专选北方举子中的劣卷进呈。太祖下令将张信等分尸;陈安也因复审时,没有明确批语,被定为"有惑圣览",判处流放,终受牵连被杀。

闻　笛

袁　凯[1]

花发吴淞江上村,
隔花吹笛正黄昏。
风尘远道归何日,
灯火高楼合断魂。
夜静几家无别泪,
雨声终日过闲门。
天边杨柳今无数,

【明 代】

短叶长条非故园。

注释：

[1] 袁凯：字景文，号海叟，以《白燕》一诗负盛名，人称"袁白燕"。生卒年不详。松江华亭（今上海松江区）人。洪武三年（1370 年）任监察御史，后因事为朱元璋所不满，伪装疯癫，以病免职回家，以寿终。著有《海叟集》四卷。

马益之邀陈子山应奉秦景容县尹江上看花二公

袁 凯

吴淞江上好春风，
水上花枝处处同。
得似鸳鸯与鸂鶒[1]，
时时来往锦云中。

注释：

[1] 鸂鶒：古书上说的一种像鸳鸯的水鸟。

早春吴淞江小泛

姜 玄[1]

江边头白老为渔，

手弄莲舟任所如。

不尽香风吹碧杜，

雨山横黛夕阳初。

注释：

[1] 姜玄：字玄仲，苏州吴江人。生卒年不详。明英宗正统十年（1445年）进士，景泰四年（1453年）任南京户部主事，后调刑部贵州司署郎中事主事。天顺四年（1460年），升刑部郎中，决狱谨慎。姜玄的诗有《杂诗·讽讨穷修晷》《早春吴淞江小泛》《郊居感兴》等。

《明 代》

过吴淞江

顾 观[1]

洞庭一水七百里,

震泽与之俱渺茫。

鸿雁一声天接水,

蒹葭八月露为霜。

轻风谩引渔郎笛,

落日偏惊估客航。

我亦年来倦游历,

解缨随处濯沧浪。

注释:

[1] 顾观:字行之,云南通海人。生卒年不详。景泰四年(1453年)举人,历官太常寺少卿。工诗善画,有宋徽宗赵佶的笔意。

吴淞渔乐

沈 贞[1]

家住沧洲白鸟边,
捕鱼沽酒自年年。
桃花浪暖堪垂钓,
杨柳风轻不系船。
帆影带归孤屿月,
笛声吹散一江烟。
武陵亦是人间路,
谁说仙家别有天。

注释:

[1] 沈贞(1400—约1482年):一名贞吉,号南齐、陶然道人,长洲(今江苏苏州)人,画家沈周的伯父。工唐律,善绘事,山水取法董源,略具烟林清旷、平淡天真之趣。

【明 代】

秋夜雨有感言怀二首（其二）

韩 雍[1]

萧萧浙浙更悠悠，

积雨声中起百忧。

尘世浮名成底用，

异乡孤客尚淹留。

雅怀岂羡笙歌夜，

短发深悲草木秋。

何日酬恩便归去，

吴淞江上伴眠鸥。

注释：

[1] 韩雍（1422—1478年）：字永熙，苏州府长洲（今江苏苏州市）人。正统七年（1442年）进士，授御史。巡按江西，黜贪墨吏数十人。景泰年间擢广东副使，巡抚江西。劾奏宁王朱奠培不法状，后被宁王诬劾，夺官。后再起为大理寺少卿，迁兵

部右侍郎。宪宗立,以牵累贬官。会大藤峡瑶、僮等族民众起事,乃改以左佥都御史,参赞军务,督兵镇压。迁左副都御史,提督两广军务。有才略,治军严,而谤议亦易起。为中官所倾轧,乃致仕去。有《襄毅文集》。

吴江晚眺

吴　宽[1]

霜林摇落洞庭[2]微,
泽国茫茫对夕辉。
湖上客来金橘熟,
桥头人卖玉鲈肥。
扁舟范蠡当时计,
独棹张翰何处归?
景物萧条增客思,
更堪回首雁南飞。

【明　代】

注释：

[1] 吴宽（1435—1504年）：字原博，苏州吴江人。他天资聪颖，才学丰厚，曾是明朝的第二位状元。中状元后，吴宽入翰林院为修撰，掌修国史。不久，被派往东宫，先后任皇太子朱祐樘（后来的明孝宗）、朱厚照（后来的明武宗）的老师。吴宽七十岁时，多次因病请辞，都被慰留，后于明孝宗弘治十七年（1504年）卒于礼部尚书任上，卒后谥文定，赠太子太保，葬于家乡木渎西花园山。吴宽是诗人，也是著名的书法家。他的诗深厚浓郁，自成一家，不事雕琢，意味隽永，纡徐如欧阳修，老成则如韩愈，著有《匏庵集》。他善书，学苏轼笔法，吴中著名才子文徵明因其父和吴宽是朋友，常有机会向其学习书法。王鏊评价其："为诗用事，浑然天成，不见痕迹；沉着高壮，一洗近世纤新之习。作书，姿润中时出奇倔，虽规模似苏，而多所自得者。"

[2] 洞庭：指太湖中的洞庭山。

题启南过吴江旧图

吴　宽

吴淞江腹太湖头，

雌霓连蜷卧碧流。

我昨经行觉尤胜,

满船明月下沧洲[1]。

注释:

[1] 沧洲:泛指滨水的地方。

游 越

陈 淳[1]

吴淞江上放船时,

秋色撩人不自知。

行到万松山下坐,

潮声先在隔林西。

注释:

[1] 陈淳(1483—1544年,一说1482—1539年):字道复,后以字行,更字复甫,号白阳,又号白阳山人。长洲县(今江苏

【明 代】

苏州市）人。他的有些作品所画质朴，可以看出受沈周画法的影响，从他的现存作品中即可见风格和用笔，既能放得开，又能收得住。在绘画史上，徐渭与陈淳并称为"青藤白阳"。陈淳的绘画当属文人隽雅一路的，即"白阳"一派画家。

松陵晚泊

唐 寅[1]

晚泊松陵系短篷，

埠头灯火集船丛。

人行烟霭长桥[2]上，

月出蒹葭漫水中。

自古三江[3]称禹迹，

新涛五夜起秋风。

鲈鱼味美村醪[4]贱，

放箸金盘不觉空。

注释：

[1] 唐寅（1470—1523 年）：字伯虎，又字子畏，以字行，号六如居士、桃花庵主、鲁国唐生、逃禅仙吏等。苏州府吴县（今江苏苏州市）人。明朝著名的画家、诗人。据说他于明宪宗成化六年（1470 年）庚寅年寅月寅日寅时生，故取名为寅。唐寅玩世不恭而又才华横溢，擅诗文，与祝允明、文徵明、徐祯卿并称"吴中四才子"（即民间所说的"江南四大才子"）；画名更著，与沈周、文徵明、仇英并称"吴门四家"，又被称为"明四家"。

[2] 长桥：指吴淞江上的垂虹桥。

[3] 三江：指古吴淞江、古东江和古娄江。

[4] 醪：自酿的浑浊米酒。

《绮疏遗恨》之刀

唐 寅

凤头交股雪花镔[1]，

剪断吴淞江水浑。

只有相思泪难剪，

【明 代】

旧痕才断接新痕。

注释：

[1] 镔：精炼的铁。

游吴江桥

王世贞[1]

吴江长桥[2]天下稀，

七十二星[3]烟霏霏。

桥上酒胡青帘肆，

桥边浣女白苎衣。

桃花水涨月初偃，

莲叶雨晴虹欲飞。

北客风尘初极目，

倚阑秋色澹忘归。

注释：

[1] 王世贞（1526—1590年）：字元美，号凤洲，又号弇州山人，江苏太仓人，明代文学家、史学家。"后七子"领袖。累官至南京刑部尚书，卒赠太子少保。好为古诗文，始于李攀龙主文盟，攀龙死，独主文坛二十年。著有《弇州山人四部稿》《弇州堂别集》《嘉靖以来首辅传》《觚不觚录》等。王世贞是当时的文坛盟主，也是史学巨匠。出身于以衣冠诗书著称的太仓王氏家族。王氏家族乃魏晋南北朝时期世代簪缨的琅琊王氏的余脉，王世贞与李攀龙同为"后七子"首领，倡导文学复古运动，认为"文必秦汉，诗必盛唐"，在当时影响甚隆。他还对《西厢记》等小说有精辟的点评，据说还是《金瓶梅》的作者，从明末起三百多年间，存有"《金瓶梅》的作者兰陵笑笑生是王世贞化名"一说。

[2] 长桥：指横跨吴淞江上的垂虹桥。

[3] 七十二星：指垂虹桥的七十二个桥孔。

《明 代》

从北山泛吴淞往苏州夜泊千墩文瑞出陈司训子进所藏吴小仙邯郸图索题穷冬远游空江夜话亦人间一梦也为书绝句

顾 清[1]

风雨官舟蜡炬残,

吴淞江上说邯郸。

人间到处谁非梦,

只有卢生入画看。

注释:

[1] 顾清(1460—1528年):字士廉,南直隶松江府华亭县(今属上海市)人。弘治六年(1493年)进士,授编修。正德初(约1506年),刘瑾柄政,清独不附,出为南京兵部员外郎。瑾诛,累擢礼部员外郎。嘉靖初(约1522年),以南礼部尚书致仕。卒,谥文僖。其诗清新婉丽,文章简练淳雅,书法清劲飘逸。著有《东江家藏集》四十二卷、《傍秋亭杂记》、《田家月令》一卷、《农桑辑要》、《松江府志》等。

江中阁浅次金缓斋韵（其一）

顾　清

浦口停帆换小舟，

故人家近不须愁。

竹林隐约分岐路，

禾廪[1]高低见有秋。

注释：

[1] 廪：露天堆积的粮垛。

江中阁浅次金缓斋韵（其二）

顾　清

千古心期嗟击磬[1]，

百年功业类藏钩[2]。

【明 代】

吴江一道看如带,

可是先生志未休。

注释:

[1] 磬:古代汉族使用的一种石制或玉制的打击乐器和礼器。

[2] 藏钩:中国传统猜物游戏。

与沈启南从徐亚卿何中丞相度水道·其一·渡吴淞江

史 鉴[1]

济世未为术,

逢人聊用情。

海桑惟日变,

水土几时平。

远雁和云杳[2],

寒潮趁月生。
茫茫不相识,
沿路问乡名。

注释:

[1] 史鉴(1434—1496年):字明古,号西村,别署西村逸史。苏州府吴县(今江苏苏州市)人。生于明宣宗宣德九年(1434年),卒于明孝宗弘治九年(1496年),年六十三岁。书无不读,尤熟于史。

[2] 杳:深远;无影无声。

庚子纪事

陆之裘[1]

南沙顽夫不满千,
恃险攫货争鱼盐。
椎牛杀狗亦耕种,
黄芦白苇波连天。

【明　代】

海滨耆豪利兼取,
逞技献谋官府前。
喜功忧变守臣职,
抚召不听心烦煎。
兵舟阅送文武吏,
炎秋直薄南沙边。
诸军相猜不相协,
遇贼出斗戈矛捐。
披帆击鼓各归县,
腾讹道路欢相传。
谁为赝书揭都市,
台司受诬盗亦冤。
南畿咫尺路非邈[2],
惜无一人能照奸。
称王命将何等语,
凤楼疏入惊云旓[3]。
重华震怒遣使者,

械系失事诸官员。
红颜白发哭相送,
秋风泪滋西郭阡。
夏曹荐出总兵者,
幕府聊分边将权。
拥来邳儿半降盗,
提兵过市同饥鸢[4]。
群愚心知罪难免,
始从华屋搜金钱。
璜泾市上换残衲,
吴淞江头焚戍船。
阻拦朝防貔虎出,
吹击夜恼蛟龙眠。
我师扬舲[5]复停泊,
欲出不出期频愆。
太仓孤城上官满,
骑兵剑客相喧阗。

【明　代】

家家月黑宵鸣柝，
巷巷风寒朝执鞭。
霜台按节问武帅，
今日举事何迍邅[6]。
群盗廿舟无带甲，
官军百艘多控弦。
江郊犒师万石馈，
州门赏士千金县。
戎衣战器等山积，
嗟尔虎牙胡敢然。
夜分蓐食晓出海，
贼舟一字遮津连。
将军拜呼驾五桨，
颤夫感激争相先。
人生自古有天幸，
巨海浪静如平川。
龙须火枪杂羽箭，

腾烟迷目衣皆穿。
纷纷溺水急钩取,
斩首二百班师还。
金珠衔舻喜夸捷,
小教场中开舞筵。
将军怀家乞返辔,
御史不从持益坚。
昨朝逋寇半犹在,
巢穴未入功非全。
人奴诱贼杀酋长,
牙旗夜报风翩翩。
宫祠刑尸若儿戏,
刳剥淋漓谈笑间。
登口遍村昼纵火,
老稚妇女残刀铤。
官牌下令要生缚,
十无三四随拘挛。

【明 代】

台司揭榜戒骄横,
受降释枉哀危颠。
南军囊轻北军重,
猎较岂是辕门偏。
捷书遥闻九重喜,
玉旨急下飞华韀。
守臣除罪各加俸,
相国亦赐宫罗鲜。
鲸涛余蛮窜绝域,
愿还海县民同编。
移文此辈早投槊,
沿江戍儿归扣舷。
儒臣只知赞画寄,
殷勤屡乞刍荛言[7]。
真情自来几人达,
湖海只应惭昔贤。
三沙谁献暂安策,

民开义塾军屯田。

鱼盐禁弛战斗息，

坐令斥堠[8]销烽烟。

村村鸡犬映花柳，

婚嫁缔结朱陈缘。

鸣琴提壶变习俗，

疮痍疾困从兹痊。

书生作赋纪平海，

嘉靖时逢庚子年。

玉堂太史访边事，

予词合入穹碑镌。

注释：

[1] 陆之裘：字象孙，号南门，太仓人。生卒年不详。贡生。官景宁县教谕。著有《南门续集》。

[2] 邈：遥远。

[3] 云旃：飘升的檀香。

[4] 鸢：老鹰。

[5] 舲：有窗户的船。

《明 代》

[6] 迤遭：不敢前进。

[7] 刍荛言：认为自己的意见很浅陋的谦虚说法。

[8] 斥堠：同"斥候"，指古代的侦察兵。

过吴淞江

卢 昭[1]

霜林纤月堕疏烟，

有客同舟思欲仙。

何处吴歌闻白苎[2]，

满江秋色坐青天。

注释：

[1] 卢昭：字伯融，生卒年不详。闽地人，徙居昆山。洪武初官扬州教授。

[2] 白苎：词牌名，又名"白苎歌"。

笠泽[1]渔父词四首(其二)

文 彭[2]

吴淞江上是侬家,

每到秋来爱荻花。

眠未足,

日初斜,

起坐船头看落霞。

注释:

[1] 笠泽:吴淞江的别称。

[2] 文彭(1498—1573年):字寿承,号三桥,别号渔阳子、三桥居士、国子先生。苏州府长洲(今江苏苏州市)人。文徵明长子。以明经廷试第一,授秀水训导。官国子监博士。工书画,尤精篆刻,能诗,有《博士诗集》。

【明 代】

笠泽渔父词四首（其三）

文 彭

钓得鲈鱼不卖钱，

船头吹火趁新鲜。

樽[1]有酒，

月将圆，

落得今宵一醉眠。

注释：

[1] 樽：古代的盛酒器具。下方多有圈足，上镂空，中间可点火对器中的酒加热。

【吴淞江历代诗咏】

秋日旅兴三首（其一）

孙承恩[1]

天际凉风似水流，

帝乡城郭动高秋。

谁家短笛吹残月，

是处清砧[2]搅夜愁。

千古壮怀时拂剑，

一秋病体倦登楼。

吴淞江上多幽事，

欲棹[3]兰桡[4]不自由。

注释：

[1] 孙承恩（1481—1561年）：字贞甫，号毅斋，华亭（今上海市松江区）人。明正德六年（1511年）进士，官至礼部尚书兼翰林院学士，兼掌詹事府，加太子少保，卒赠太子太保，谥文简。著有《历代圣贤像赞》《鉴古韵语》《瀼溪草堂稿》等。

【明 代】

[2] 砧：捶、砸或者切东西时垫在底下的器具。

[3] 棹：划船的长桨。

[4] 桡：划船的短桨。

伤徐望湖司徒

谢 榛[1]

鸿雁参差久失群，

何人挂剑忆徐君。

吴淞江畔尚书墓，

寂寞楸[2]梧空白云。

注释：

[1] 谢榛（1495—1575 年）：字茂秦，号四溟山人、脱屣山人，山东临清人。嘉靖间，挟诗卷游京师，与李攀龙、王世贞等结诗社，为"后七子"早期成员之一，倡导为诗模拟盛唐，主张"选李杜十四家之最者，熟读之以夺神气，歌咏之以求声调，玩味之以裒精华"。后为李、王所排斥，削名"七子"之外，客游

诸藩王间,以布衣终其身。其诗以律句绝句见长,功力深厚,句响字稳。著有《四溟集》《四溟诗话》等。

[2] 楸:紫葳科落叶乔木。木材质地致密,耐湿,可造船,亦可做器具。树皮、叶、种子可入药。

清代

【清代】

过吴江有感

吴伟业[1]

落日松陵道,

堤长欲抱城。

塔盘湖势动,

桥引月痕生。

市静人逃赋,

江宽客避兵。

廿年交旧散,

把酒叹浮名。

注释:

[1] 吴伟业(1609—约1671年):字骏公,号梅村,江苏太仓人。崇祯进士,官至少詹事。明亡里居,清顺治十年(1653年),被迫出仕,任秘书院侍讲,迁国子监祭酒,三年后丁嗣母忧南还,居家而殁。在明朝他以会元、榜眼、宫詹学士、复社领

袖的身份，主持湖广乡试，"为海内贤士大夫领袖"，名垂一时。但生不逢时，命途多舛，仕明而明亡，不愿仕清而违心仕清，成了"两截人"，丧失士大夫的立身之本，遭世讥贬。他深感愧疚，诗歌成了他的寄托，感慨兴亡和悲叹失节是其吟咏的主要内容。

王上舍稚登·月游

王夫之[1]

秋满吴淞江外江，

棠桡波敛夜推窗。

月华始出照五两[2]，

白鸟飞来恰一双。

客散歌声犹有恨，

霜寒酒力未全降。

西归更送山阳笛[3]，

写入落梅别调腔。

【清 代】

注释：

[1] 王夫之（1619—1692年）：字而农，号姜斋，湖南衡阳人，明末举人。因隐居家乡，筑土室于石船山，发愤著述凡四十年，故又称"王船山"。王夫之善诗文，工词曲，对天文、地理、历法、数学都有研究，尤精于哲学、经学、史学。一生著述百余种。

[2] 五两：此处指两只配成一双。

[3] 山阳笛：怀念、悼念故友。出自三国魏时向秀的典故。嵇康、吕安被司马昭杀害后，一次他们的好友向秀路过嵇康的旧居山阳，听到邻人的笛声，怀亡友感音而叹，于是写了一篇《思旧赋》。

洞仙歌[1]·吴江晓发

朱彝尊[2]

澄湖淡月，

响渔榔无数。

一霎通波拨柔橹。

过垂虹亭畔，

语鸭桥边,

篱根绽、

点点牵牛花吐。

红楼思此际,

谢女檀郎,

几处残灯在窗户。

随分且欹眠、

枕上吴歌,

声未了、

梦轻重作。

也尽胜、

鞭丝乱山中,

听风铎郎当,

马头冲雾。

注释:

[1] 洞仙歌:词牌名。

[2] 朱彝尊(1629—1709年):字锡鬯,号竹垞,晚号小长

【清 代】

芦钓鱼师，又号金风亭长。秀水（今浙江嘉兴市）人。清代诗人、词人、学者、藏书家。康熙十八年（1679年）举博学鸿词科，除检讨。康熙二十二年（1683年）入直南书房。曾参加纂修《明史》。博通经史，诗与王士祯并称"南北两大宗"。作词风格清丽，为浙西词派的创始者，与陈维崧并称"朱陈"。精于金石文史，购藏古籍图书不遗余力，为清初著名藏书家之一。

晚过吴江

爱新觉罗·玄烨[1]

垂虹蜿蜒跨长波，
画戟牙樯[2]薄暮过。
灯火千家明似昼，
好风好雨祝时和。

注释：

[1] 爱新觉罗·玄烨（1654—1722年）：即康熙帝，清朝第四位皇帝、清定都北京后的第二位皇帝。他八岁登基，十四岁亲

政，在位六十一年，是中国历史上在位时间最长的皇帝。他是中国统一的多民族国家的捍卫者，奠定了清朝兴盛的根基，开创出康乾盛世的大局面。

［2］画戟牙樯：指的是康熙帝乘坐的龙船，装饰精美、威风凛凛、气势不凡。戟，是一种武器。樯，原是帆船上挂风帆的桅杆，引申为帆船或帆。

好事近[1]·吴江月夜

厉　鹗[2]

夹岸响青芦，

瑟瑟吴波摇碧。

天借一帆风势，

看垂虹秋色。

满船明月照无眠，

今夕是何夕？

应被素娥笑我，

太疏狂踪迹。

【清 代】

注释：

［1］好事近：词牌名。

［2］厉鹗（1692—1752年）：字太鸿，又字雄飞，号樊榭、南湖花隐等，钱塘（今浙江杭州市）人，浙西词派中坚人物。康熙五十九年（1720年）举人，屡试进士不第，家贫，性孤峭，后以教书终生。其诗清峭疏狂，散漫不羁，精妍奇巧，刻意求工。乾隆初举鸿博，报罢。性耽闲静，爱山水，尤工词，擅南宋诸家之胜。著有《宋诗纪事》《樊榭山房集》等。

吴淞江道中杂诗（其一）

洪亮吉[1]

前山已挂龙[2]，

咫尺雨当到。

危桥面西北，

曲处可停棹。

长年知燥湿，

语每得其要。

惊雷冲小暑,

所虑伏秋潦。

樵人驱牛羊,

亦下山北道。

注释:

[1] 洪亮吉(1746—1809年):字君直,一字稚存,别号北江,晚号更生,江苏阳湖(今江苏常州市)人。清代大臣,经学家、文学家,"毗陵七子"之一。著有《卷施阁诗文集》《附鲒轩诗集》《更生斋诗文集》《汉魏音》《北江诗话》《春秋左传诂》。

[2] 挂龙:即刮龙卷风。

吴淞江道中杂诗(其二)

洪亮吉

所居云水乡,

鸥鹭共生长。

全家生计足,

【清代】

一屋一鱼网。

门前虽有路,

屋后别通舫[1]。

还因粗识字,

不断客来往。

日昨雨没竿,

池宽鸭堪养。

注释:

[1] 舫:船。

吴淞江道中杂诗（其四）

洪亮吉

一村据高阜[1],

去海不千步。

儿童忽惊传,

龙蟠[2]庙中树。

遂令羊与犬，

奔走出门户。

莓苔蒙塑像，

久已断香炷。

日晚吹北风，

前溪雨如注。

注释：

[1] 阜：土山。

[2] 蟠：屈曲；环绕。

吴淞江道中杂诗（其五）

洪亮吉

曲处排石林，

欲把海潮捍。

【清 代】

地形西渐下,

人尽住东岸。

西溪形制好,

曲折启山馆。

渔人网鱼至,

各各出门唤。

再转忽已迷,

坡陀[1]树遮断。

注释:

[1] 陀:倾斜不平的样子。

吴淞江道中杂诗(其六)

洪亮吉

生死不相远,

十屋间一坟。

街衢与丘陇，

畛域无由分。

连庐爨[1]烟稀，

磷火[2]飞出门。

客行阻风潮，

系艇枯树根。

牛亭月白时，

鬼语时时闻。

注释：

[1] 爨：烧火煮饭。

[2] 磷火：鬼火。

二陆草堂怀古（其一）

张吉安[1]

婉娈昆山姿，

【清 代】

俊伟产其麓。
访古五茸城,
喟焉叹二陆。
将相门华腴,
文章世推服。
赤乌销霸业,
天意覆邦族。
《辨亡论》三篇,
实自炫荆璞。
相携事暗朝,
羁旅作都督。
恩感成都王,
罹祸何乃酷。
仕宦一熏心,
肺腑尽成俗。
漫将千里莼,
比拟到羊酪。

不见张季鹰,

命驾秋风速。

鲙斫吴淞江,

鹤听华亭谷。

注释:

[1] 张吉安(1759—1829年):字迪民,号莳塘,晚号石塘居士,吴县(今江苏苏州市)人。乾隆四十二年(1777年),与弟弟张吉熙同为举人,官浙江象山知县。偶作小画,饶清逸之致。卒年七十一岁。著《大涤山房诗录》。

山楼吹笛图送张叔虎归吴淞

钱　杜[1]

云安山楼夜吹笛,

江上潮平送行客。

三巴一夜秋已生,

【清 代】

江船欲开闻笛声。
笛声呜咽楼头起,
月明吹落巴江水。
谁是吴淞张季鹰,
莼鲈归思秋风里。
阑干百折穿鸟巢,
脚下飒飒闻江涛。
出峡还愁夜猿急,
举头惟见苍崖高。
舟人催客前滩住,
酒醒梦觉知何处。
篷影全遮硖口烟,
橹声犹绕楼前树。
今夜山楼送客归,
几时吹笛故园扉。
他乡莫忘茱萸酒,
只待江南白雁飞。

注释：

[1] 钱杜（1764—1845年）：初名榆，字叔枚，更名杜，字叔美，号松壶小隐，亦号松壶，亦称壶公，号居士，钱塘（今浙江杭州市）人。出身仕宦，嘉庆五年（1800年）进士，官主事。性闲旷洒脱拔俗，好游，一生遍历云南、四川、湖北、河南、河北、山西等地。嘉庆九年（1804年），曾客居嘉定（今属上海）。道光二十二年（1842年），英军攻掠浙江，避地扬州，遂卒于客乡。

华亭方正学祠

舒 位[1]

西山天下大师墓，
东海读书种子祠。
一代君臣生死际，
百年南北废兴时。
口中木石衔精卫，
身后文章替左司[2]。

【清 代】

此亦因缘香火地,

吴淞江水绿差差[3]。

注释:

[1] 舒位(1765—1816年):字立人,号铁云,直隶大兴(今属北京市)人,生长于吴县(今江苏苏州市)。诗人、戏曲家。乾隆五十三年(1788年)举人,屡试进士不第,以馆幕为生。博学,善书画,尤工诗,兼擅戏曲。作画师徐渭,诗与王昙、孙原湘齐名,有"三君"之称。著有《瓶水斋诗集》《乾嘉诗坛点将录》等。又有《瓶笙馆修箫谱》,收入其所作杂剧四种。

[2] 左司:此处指左丘明和司马迁。

[3] 差差:指江水波纹荡漾的样子。

松江夜泊

郭 麐[1]

秋水清无底,

秋山澹欲低。

当天一明月,

飞上九峰西。

永夜渔榔响,

横空雁影齐。

莼鲈人不见,

风露有凄凄。

注释:

［1］郭麐（1767—1831年）：字祥伯，号频伽，因右眉全白，又号白眉生、郭白眉，一号邃庵居士、苎萝长者。江苏吴江人。少有"神童"之称，乾隆四十七年（1782年）补诸生。游姚鼐之门，尤为阮元所赏识。工辞章，善篆刻。间画竹石，别有天趣。书法师黄庭坚。乾隆六十年（1795年），参加科举不第，遂绝意仕途。专研诗文、书画，好饮酒，醉后画竹石是其一绝。嘉庆时为贡生，嘉庆九年（1804年）讲学蕺山书院，喜交游，与袁枚友好。晚年迁浙江省嘉善县东门。著作主要有《灵芬馆诗集》（《初集》四卷、《二集》十卷、《三集》四卷、《四集》十二卷、《续集》八卷、《杂著》二卷、《杂著续编》四卷），《江行日记》一卷，《唐文粹补遗》二十六卷，以及《蘅梦词》《浮眉楼词》《忏余绮语》各二卷等。

【清代】

吴淞江归棹

沈谨学[1]

淞波一片冷秋光,

帆影低斜挂夕阳。

遥指水云村缺里,

接天红叶是枫庄。

注释:

[1] 沈谨学(1800—1847年):字诗华,又字秋卿,元和(今江苏苏州市)人。有《沈四山人诗录》留世。

吴淞老将歌

朱 琦[1]

吴淞江口环列屯,

吴淞老将勇绝伦。

连日鏖战几大捷,

沙背忽走水上军。

援军隔江仅尺咫,

眼见陈侯新战死。

大府拥兵救不得,

金缯[2]日夜输鬼国[3]。

注释:

[1] 朱琦(1803—1861年):字伯韩,一说字濂甫,号伯韩。文学家,"岭西五大家"之一。道光十五年(1835年)进士,官至御史,以直言敢谏与苏廷魁、陈庆镛合称"谏垣三直"。晚年总理杭州团练局,遇太平天国攻杭州被杀,赠太常寺卿。文章醇厚有味,诗格雄浑,是桐城派在广西的代表作家之一。著有《怡志堂诗文集》。

[2] 缯:丝织品的总称。

[3] 鬼国:此处指发动鸦片战争的英国。

【清 代】

吴淞江舟行（其一）

莫友芝[1]

茅葴毯毯[2]覆横洲，

筱簎[3]层层不碍舟。

随例莼鲈浑忘却，

黄花鱼上早苁秋。

注释：

[1] 莫友芝（1811—1871年）：字子偲，号郘亭，又号紫泉、眲叟，贵州独山人。晚清金石学家、目录版本学家、书法家，宋诗派重要成员。家世传业，通文字训诂之学，与遵义郑珍并称"西南巨儒"。著有《郘亭知见传本书目》《郘亭诗钞》《郘亭遗诗》等。

[2] 毯毯：禾苗茂盛的样子。

[3] 筱簎：用细竹做成的插在河流中拦捕鱼、蟹的苇栅或竹栅。

《吴淞江历代诗咏》

吴淞江舟行（其二）

莫友芝

江流曲曲深村深，

狎沤[1]丈人无世心。

东去归来倘[2]逃暑，

借尔疏疏斑竹林。

注释：

[1] 狎沤：玩鸥鸟。沤，通"鸥"，指海鸥。

[2] 倘：如果；假如。

泊吴淞江

金武祥[1]

底事入江海，

【清 代】

翻教足胜游。

潮声随月涌，

云气挟山浮。

故国惊烽火，

天涯动客愁。

吴淞今日过，

风阻又淹留。

注释：

[1] 金武祥（1841—1924年）：原名则仁，号溎生，江阴人，名宿金一士（即金谔）之孙。清末民初人，先应邀入兖州知县幕，后以捐班至广东候补，得署赤溪直隶厅同知。五十岁后，因丁忧而依例解任归里，从事地方文献的收集、整理、出版事宜，享年八十三岁。著有《芙蓉江上草堂诗稿》及江阴丛书、粟香室丛书等多种。

挽杨仲愈联

叶大遒[1]

南州冠冕，

西掖文章，

当时日下声华，

擅汝士胜场，

多少才人齐压倒。

北海酒樽，

东山丝竹，

绝代风流人物，

问吴淞江水，

如何去浪不淘回。

注释：

[1] 叶大遒（1845—1907年）：字敷恭，号铎人。光绪六年（1880年）进士。历任粮道、整饬兵备道等职务。后因感染瘴气，

【清 代】

病重去职回乡。叶大道为官胆魄过人,有强烈的爱国主义情怀,曾坚拒法国军舰驶入所辖海域。他学识亦高,工诗文,晚年主持正谊书院,热心育才。

画枫忆吴江

吴昌硕[1]

一树斜阳下,

吟诗系客舟。

吴江久不到,

因画忆前游。

注释:

[1] 吴昌硕(1844—1927年):原名俊,字昌硕,别号缶庐、苦铁等,浙江湖州人。中国近现代书画艺术发展过渡时期的关键人物,诗、书、画、印四绝的一代宗师,晚清民国时期著名的国画家、书法家、篆刻家,与任伯年、蒲华、虚谷齐名为"清末海派四大家"。吴昌硕的艺术另辟蹊径,贵于创造,最擅长写

意花卉，他以书法入画，把书法和篆刻的行笔、运刀、章法融入绘画，形成富有金石味的独特画风。他以篆笔写梅兰，以狂草作葡萄，所作花卉木石，笔力敦厚老辣、纵横恣肆、气势雄浑，构图也近书印的章法布白，虚实相生、主体突出，画面用色对比强烈。

近现代

《近现代》

中元节自黄浦出吴淞泛海

陈去病[1]

舵楼高唱大江东,

万里苍茫一览空。

海上波澜回荡极,

眼前洲渚有无中。

云磨雨洗天如碧,

日炙风翻水泛红。

唯有胥涛若银练,

素车白马战秋风。

注释:

[1] 陈去病(1874—1933年):原名庆林,字佩忍、伯儒、百如,号巢南、垂虹亭长。中国近代诗人,南社创始人之一。江苏吴江同里人。因读"匈奴未灭,何以家为",毅然易名"去病"。光绪诸生,赴日本留学,回国后加入同盟会,参与创立南

社。在推翻满清帝制的辛亥革命和讨伐袁世凯的护法运动中,都做出了重要贡献。其诗多饱含爱国激情,风格苍健悲壮。著有《浩歌堂诗钞》《挥戈录》等,还辑刊《清秘史》《松陵文集》等。

渡江云·吴淞江滨邓氏草堂题壁

陈方恪[1]

残霞明远烧,

海天暮合,

去浪涌轻沤。

废堤循故垒,

细路平沙,

矮屋隐林邱。

寒潮自落,

傍岸簇、渔火初收。

清露滴,

【近现代】

野田风起,

门外柳飕飕。

牵愁。

游春鞭镫,

贳[2]酒旗亭,

恁[3]江南客久。

应遍识、辞巢零燕,

泛水闲鸥。

相看剩有当时月,

又几回、迟我淹留。

欹[4]翠袖,

谁家玉笛高楼。

注释：

[1] 陈方恪（1891—1966年）：字彦通，斋号屯云阁、浩翠楼、鸾陂草堂。江西义宁（今江西九江修水县）人，陈三立第四子、陈寅恪弟。受家学影响，从小习诗词文章，传承散原老人文脉。师从陈锐、周大烈、王伯沆等名士，又得梁鼎芬、沈曾植、

樊增祥、朱古微、郑文焯、陈衍、郑孝胥等诗词名家点拨，诗名在其兄之上。后人辑有《陈方恪诗词集》一册。

[2] 赍：赊欠。

[3] 恁：那么，那。

[4] 欹：斜倚；斜靠。

吴淞江

许会昌[1]

一叶吴淞水，

篷窗绿上眉。

寒云迷远树，

落日去荒陂。

月黑舟人语，

潮来估客知。

梦中三泖[2]阔，

飞渡海东湄。

注释：

[1] 许会昌（1911—1942年）：河北人。生前为地方工作一般工作人员，1942年在边宅牺牲。

[2] 三泖：历史上位于吴淞江支流东江在华亭县内形成的三泖（大泖、圆泖、长泖）湖。

参考文献

[1] 凌龙华,吴国良,张秋红.吴江诗咏[M].南京:江苏凤凰文艺出版社,2014.

[2] 萧涤非,马茂元,程千帆,等.唐诗鉴赏辞典[M].上海:上海辞书出版社,1983.

[3] 白居易.白居易集笺校[M].朱金城,笺注.北京:中国国际广播出版社,2011.

[4] 陆龟蒙,皮日休.松陵集校注[M].王锡九,校注.北京:中华书局,2018.

[5] 宋明哲.近体唐诗类苑[M].北京:中国书籍出版社,2018.

[6] 周汝昌,夏承焘,缪钺,等.宋词鉴赏辞典:上[M].上海:上海辞书出版社,2003.

[7] 周汝昌, 夏承焘, 缪钺, 等. 宋词鉴赏辞典: 下 [M]. 上海: 上海辞书出版社, 2003.

[8] 朱长文. 吴郡图经续记 [M]. 南京: 江苏古籍出版社, 1999.

[9] 范成大. 吴郡志 [M]. 陆振岳, 校点. 南京: 江苏古籍出版社, 1986.

[10] 朱德才, 杨燕. 范成大杨万里诗词选译 [M]. 成都: 巴蜀书社, 1994.

[11] 顾嗣立. 元诗选: 初集 [M]. 北京: 中华书局, 1987.

[12] 顾嗣立. 元诗选: 二集 [M]. 北京: 中华书局, 1987.

[13] 顾嗣立. 元诗选: 三集 [M]. 北京: 中华书局, 1987.

[14] 高启. 高启诗选 [M]. 李圣华, 选注. 北京: 中华书局, 2005.

[15] 曹一麟, 等修. 徐师曾, 等纂. 嘉靖吴江县

志[M].扬州:广陵书社,2013.

[16] 莫旦.弘治吴江志[M].陈其弟,校点.扬州:广陵书社,2017.

[17]《清代诗文集汇编》编纂委员会.清代诗文集汇编[M].上海:上海古籍出版社,2011.

[18] 顾沅辑.吴郡文编[M].上海:上海古籍出版社,2011.

[19] 金友理.太湖备考[M].薛正兴,校点.南京:江苏古籍出版社,1998.

[20] 陈和志,修.沈彤,倪师孟,纂.乾隆震泽县志[M].扬州:广陵书社,2016.

[21] 沈寿眉,纪磊.震泽镇志[M].南京:江苏古籍出版社,1992.